Gustave Flaubert

福 楼 拜 小 说 集

上海译文出版社

圣安东的诱惑

La tentation de saint Antoine

[法]居斯塔夫·福楼拜 著

李健吾 译

【编者按】福楼拜的《圣安东的诱惑》是李健吾先生一九三七年一月通过上海生活书店第一次介绍给中国读者的，之后从未有机会再版。本次新版依据译者生前为重新出版而在初版书上的手改稿；由于时间久远，部分译名与今有较大差别，编者作了适当补注。

布罗该的《圣安东的诱惑》

我看见一幅布罗该的画，叙述圣安东的诱惑。自己也很想把《圣安东的诱惑》写成一出戏；不过，这得另请高明，我可不成。大多数人看这幅画，一定以为糟糕，然而我宁可拿《正报》的收藏，外加十万佛郎，来买这幅画。

一八四五年五月十三日，福楼拜写给勒·蒲瓦特万的信

这是我一生的著作，一八四五年，在阶努瓦（即热那亚——编者），当着布罗该的一幅画，这本书的观念第一次走进我的脑子，从这时候，我就一壁想，一壁读参考书，没有停过。

一八七二年六月五日，福楼拜写给尚特比女士的信

贾劳的《圣安东的诱惑》

一八四六年八月，福楼拜买来一张贾劳的《圣安东的诱惑》刻画，挂在他的书房。他写信给高莱女士说：

“我很爱这件作品。好久我就想弄一张来。忧郁的奇丑于我有一种异常的魔力；我的性格是滑稽地苦辣，所以这正好应和它密切的需要，我并不因之发笑，不过它让我永长地思维。”

莫瑞斯・桑的漫画

一八七二年三月,《圣安东的诱惑》行将完成,乔治·桑的儿子莫瑞斯·桑画了这些小妖精,寄给福楼拜过目。福的回信,说他看见了很开心,特别欢喜靠右的两个:一个是小孩头,一个是死人头。

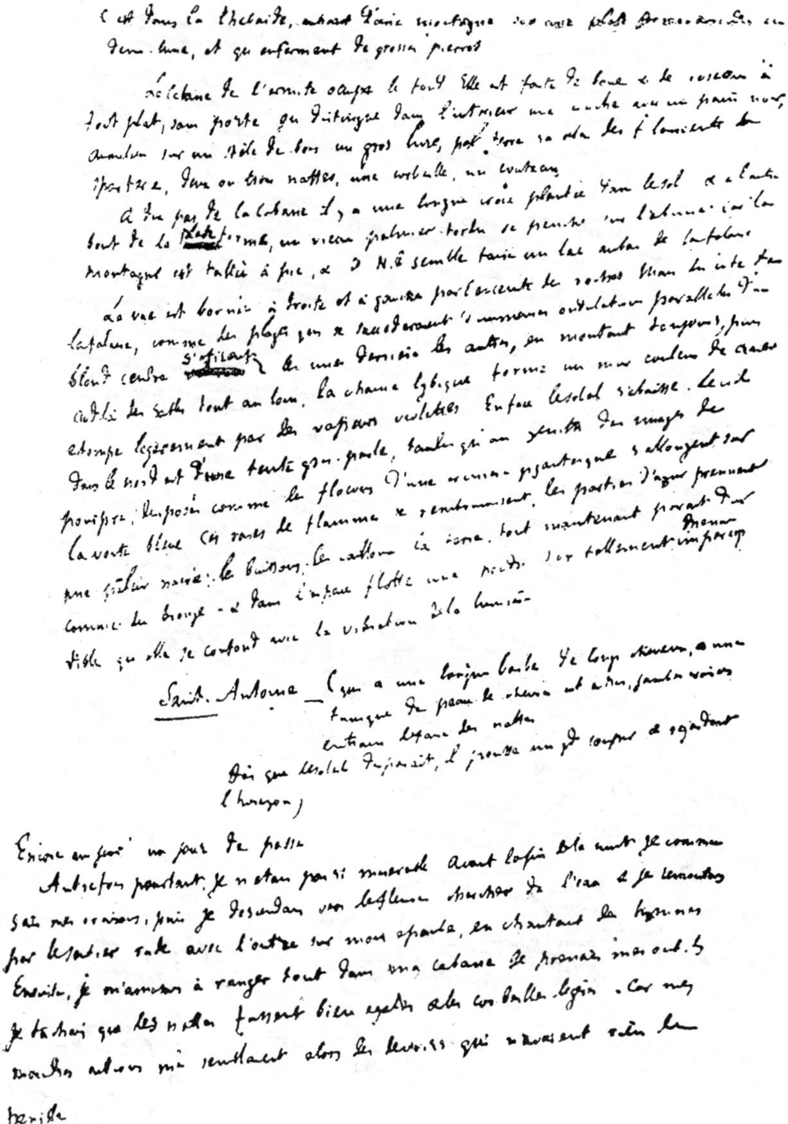

《圣安东的诱惑》定稿的清稿

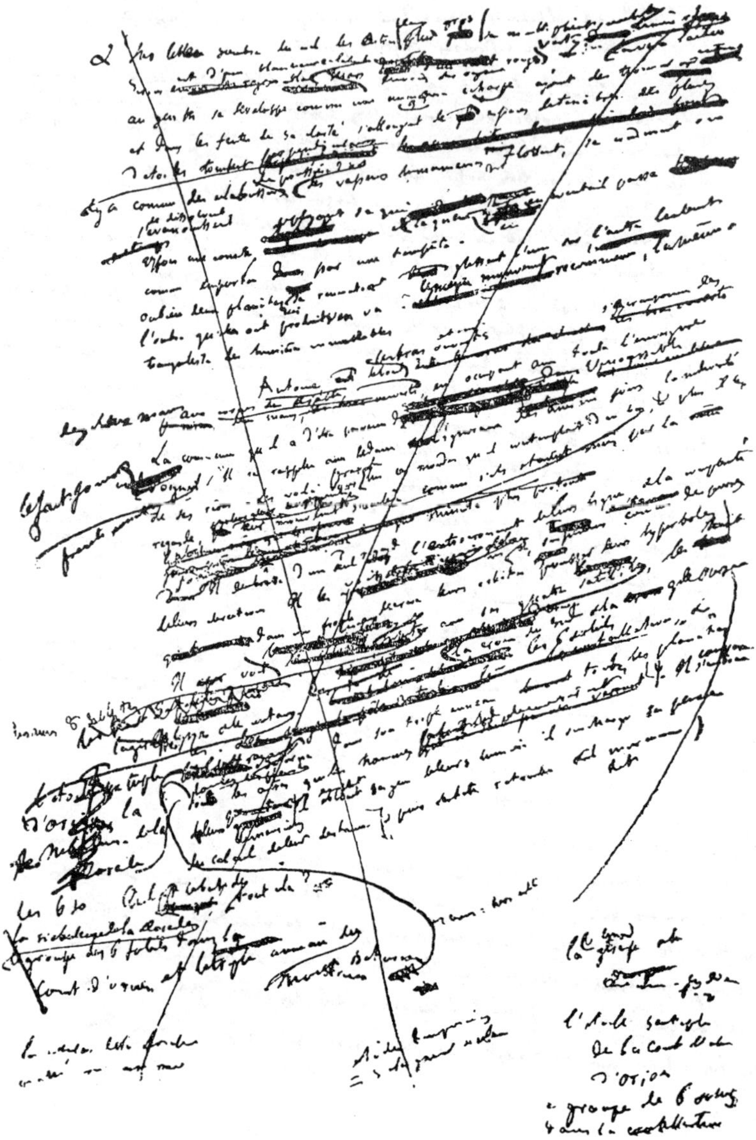

《圣安东的诱惑》定稿的草稿

目录

提要 1

一 5

二 23

三 49

四 64

五 143

六 203

七 213

跋 241

提要

第一章

夕阳西下，圣安东停了工。从修行的苦闷，他想到以往错过的机缘。他觉出精神不振，翻开《圣经》诵读，然而这更引动他的幻想。他盼望有人做伴。他听见不同的隐约的呼唤。活动的形影包围住他。他想喊叫，然而喊不出口，晕在草席上。

第二章

魔鬼挟着七大业障，俯伏在他的屋顶，开始诱惑。最初是无尽的山珍海味，其后是无量的金银珠宝；他恍惚来到亚力山太城，率领门徒，屠杀异教的人士；他仿佛独受君士旦丁大帝礼遇；他羡慕尼布甲尼撒的暴行，仿佛自己就是，变成牛，在桌面走着——四肢向地，在沙上走着。他醒过来，用皮鞭抽晕了自己。示巴女王带着隆重的礼品投奔他，但是他摈拒了她的蛊惑。

第三章

一个侏儒似的幼童坐在他的门槛上，他以为是女王的随侍，然而却是他当年的弟子：伊拉芮影。后者同他谈论教理，列举《新约》矛盾的记载。他勾起安东知识的欲望。

第四章

于是在他面前，起了一座高大的教堂。伊拉芮影领他进去，但是伊拉芮影渐渐就不见了。各派教士纷呶着，争辩着。他恍惚来在一群殉教的囚犯中间。他仿佛来到茔地，看着教徒伤悼死者。他仿佛来到竹林，望着婆罗门教徒焚化。他似乎依旧站在他的门前：于是最初西门同海兰，继而阿坡楼尼屋斯同达米斯，大吹法螺，然而全没有引走他。

第五章

伊拉芮影似乎变大了，重新来在他的身旁。他们看着一切神祇覆灭；史前的木偶、婆罗门、佛、奥阿迺斯、巴比伦的神祇、奥尔穆士、狄亚娜、西拜勒、伊西丝、希腊的神祇和罗马的神祇，向着无底的深渊，所有过往的神祇滚下去。然后一声霹雳。上帝吐露最后的声音。只剩下伊拉芮影站在安东面前——他是科学；他是魔鬼。

第六章

他挟起安东，游览宇宙万象。但是他依然存有一线希望，魔鬼便舍弃了他。

第七章

安东拒绝死亡与物欲的纠缠。司凡克司（谜）与石麦尔（妄念）继之出现，随后是奇形怪状的山禽海兽，蔚成大观，拥聚在他的眼前。他企望和万物同化。然而晨曦渐上，映出基督的面孔。他跪下来祈祷。

译者

一九三六年八月三十一日

纪念吾友亚夫莱德·勒·蒲瓦特万[①]，一八四八年四月三日，亡于瓦塞勒之乐维勒·尚。

① 莫泊桑的舅父，早亡。一八七二年十月三十日，《圣安东的诱惑》结束，作者写信给莫泊桑的母亲道：“我要刊印的话，第一部书的开头就写着令兄的名姓，因为在我思想里面，《圣安东的诱惑》永久是‘献与亚夫莱德·勒·蒲瓦特万’的。在他死前六个月，我就和他谈起这本书。现在我算写完了，中间辍而复始，始而复辍，整整占了我二十五年！”

一

在戴巴伊德[①]境内，山顶上一个半月形的圆平台，四周圈了一遭巨石。

隐士的茅庐占据后方。泥和苇子盖成，平顶，没有门。室内有一只坛子和一块黑面包；一本大书，放在中央的木几上面；地上远远近近放着一些编织用的藤条，两三条席，一只篮子，一把刀。

离茅庐十步远，地面竖着一个长十字架；在平台的另一端，一棵虬结的老棕树横在深渊之上，因为山势陡直，尼罗河在绝崖下面好像成了一座湖。

左右有石头挡住，望不出去。然而靠沙漠那边，好像海滩相接，灰黄的平行巨浪一个高似一个，前前后后，往开里伸长；随后，越过沙漠，里比[②]山脉远远形成一堵铅粉色的墙，影影绰绰，隐在堇色的水汽里面。太阳迎面落了下去。北方的天空，呈出一种珠灰颜色，同时天心的紫云，排列如一片庞大的鬣毛，在苍穹展开。这些光线变成了暗褐色，碧蓝的部分转成一种珠光似的苍白；荆棘、石子、地，全仿佛黄铜一般坚硬；空间飘浮着一种细微的金粉，和日光的波动混作一片。

圣安东[3]

长胡须，长头发，穿着一件山羊皮袄，屈膝而坐，编着席。

太阳消失，他长长叹息一声，望着天边：

——又是一天！又过了一天！

——然而往常，我并不这样苦！夜完之前，我开始祈祷；随后我下到河边取水；皮囊搭在肩膀上面，唱着赞美歌，我重新爬上崎岖的山道。然后，我在我的茅庐安排一切，消磨光阴。我拿起我做活的东西；我设法要席一般大小，要篮子轻；因为当时，工作尽管琐细，我全觉得在所应当，并不辛苦。

——到了规定的时间，我放下我的工作；我伸开两个胳膊祷告，觉得仿佛一道慈悲的泉水，从天上流入我的心内。如今，泉水涸了。为什么？……

---

① 戴巴伊德：古代埃及三省之一，即上埃及。

② 里比（即利比亚——编者）：尼罗河以西的高原沙漠地带。

③ 圣安东：关于圣安东，我们今日所有的史据，几乎十九出自他友生圣阿塔纳斯的记述：《我们的圣父安东的生平》一书。二五一年左右，他生在中埃及一个富裕人家，他的父母虔心向教，怕他在外沾染恶习，没有让他求学。他不认识希腊文，也就不知道读书。所有他宗教的知识，可以说是完全由教堂零零碎碎听来的。二十岁左右，他丧父亡母，仅仅余下一个弱妹。有一次，他走进教堂，正好听人在读《马太福音》第十九章第二十一节："耶稣说，你若愿意作完全人，可去变卖你所有的，分给穷人，就必有财宝在天上，你还要来跟从我。"他把这当做上天的启示，分散财产，退隐在离村不远的一座坟墓。他在里面住了十二年光景，其后他退隐到上埃及的山洞。他的名声渐传渐远，虽说力求隐晦，他阻挡不住从学者的众多。几乎走到一处，便自然建立一座道院，成为"修道业"的创始者。他活了一百零五岁的样子，死于三五六年左右。他身受的诱惑成为中世纪一个美丽的传说。差不多八十来年，他仅仅两次离开沙漠：三一一年他来到亚力山太，鼓舞被迫害的教徒；三三五年，应阿塔纳斯之请，当众指斥阿芮屋斯的邪说。他不是一个学者，不过有七封信传说是他写的。

他在石坪里慢慢走着。

——离开家的时候，人人责备我。母亲倒下去，快死了，妹妹远远招手，要我回来；而另一个哭着，阿娟娜芮亚，这女孩子牵着水牛，我每天黄昏在池边遇见她。她跑着追我。她的脚环在尘土里面闪烁，开衩的后襟迎风飘荡。领我走的老修士高声咒她。我们的两匹骆驼总在奔驰；我再没有看见一个人。

——起初，我选了一个法老①的陵墓居住，然而一种神秘的空气在这地下的宫殿流动，黑暗经过往年香料的熏染，似乎也加厚了。我听见棺木的深处发出一种哀哀的声音唤我；或者，我看见墙上画的可怕的东西忽然活了过来；我一直逃到红海边，一座荒凉的砦堡。我在这里，伴侣有石头之间爬动的蝎子，有我的头上蓝天里不断盘旋的鹰。夜晚有爪子撕我，嘴啄我，柔柔的翅膀打我；可怕的鬼怪朝我嗥叫，在地面把我推倒。甚至于有一次，往亚力山太②去的结队的旅客救下我，带了我和他们一同走。

——于是，我决意就长者狄第穆③受教。虽说他是一个瞎子，他对于《圣经》的知识没有人可以相比。功课完了，他叫我扶着他

---

① 法老：古埃及帝王的称号。

② 亚力山太（又译亚历山大、亚历山卓——编者）：埃及的希腊首都，纪元前三三二年，亚力山大大帝所建。沿地中海，在尼罗河三角洲之西。在多力买（今多译为托勒密——编者）帝室时代，亚力山太是近东艺术文学的中心点，有一个著名的图书馆，毁于战火。

③ 狄第穆：从四岁起，他就失明。他在亚力山太主持了六十余年的学校，三九五年逝世。

散步。我领他上到巴勒穆①，瞭望法尔②和大海。我们随后由码头绕回，遇见各国的人士，以至于穿熊皮的希麦人③，涂牛粪的恒河的行乞僧④。然而因为犹太人拒绝纳税，或者乱党企图驱逐罗马人，市街常常发生战事。而且全城充满了邪教者流，摩尼⑤的信徒，法朗旦⑥的信徒，巴西黎德⑦的信徒，阿芮屋斯⑧的信徒，——

---

① 巴勒穆：亚力山太中央一座假山，有级盘旋而上，可以瞭望全城。

② 法尔（今多译为法洛斯——编者）：离亚力山太一英里远近的小岛，横蔽全城码头海港。其东角为世界七奇之一的灯塔，也叫法尔，共四层，第一层为一柱院，第二层为方形，第三层为八角形，第四层为圆形，上有所谓灯即所谓镜。顶端为一海神雕像。共四百尺高，十四世纪毁于地震（参阅本书第二章关于塔的描写）。全岛有一长桥与陆地相接，自九世纪起，改筑长堤代替。“大海”即地中海。

③ 希麦人（即辛梅里安人——编者）：黑海沿岸的古代民族，纪元前七世纪，侵入古代小亚细亚西端的一个小国里第（即吕底亚——编者）。

④ 行乞僧（又译裸仙人——编者）：古希腊对印度一派裸体修行者的称呼。字义虽是行乞，实际所谓“贫”者，更有一种精神的意义，“贫”对上帝而言，非仅世俗的解释。此派支别尚多，类似中世纪基督教的苦修僧侣。

⑤ 摩尼：摩尼教（又译为明教——编者）的创始人，二一五年生于巴比伦，二七七年于波斯殉教。他去过印度，精于绘画，有书简（希腊文）传世。他糅合基督教与波斯教，主张善恶二元论，光明与黑暗即其征记。善神创造原始人，为黑暗所囚服；恶神继而创造现世人，自救之道唯有信奉耶稣圣子。他以圣灵自命。《资治通鉴》载唐宪宗元和元年“回鹘入贡，始以摩尼偕来”。

⑥ 法朗旦：亚力山太人，聪慧多识，谋主教不成，忿而自创一派，仅仅承认《约翰福音》。其后赴罗马讲书，旋被逐，一六〇年去世。他的影响很大，但是临到五世纪，便默默无闻了。

⑦ 巴西黎德：二世纪亚力山太人。他相信人有两种成分，一为精神，一为肉体，例如耶稣，基督徒应求精神胜利。这一派的教士多自命具有法术，不同常人，所作所为，每每流于邪僻。

⑧ 阿芮屋斯：二五六年生于里比，著名的异说领袖，创立新派，成一大势力，与基督教正统派相争。三二五年，君士旦丁大帝召集宗教会议于尼塞，调解两派争论，阿芮屋斯卒以势孤被逐。君士旦丁大帝晚年又召他回来，把对方领袖阿塔纳斯流放出去。三三六年逝世。他否认耶稣的神性，否认“三位一体”的存在。

全都纠缠住你，为了辩论，说服你。

——我有时候想到他们的演说。不加以注意又不可能，心一来就乱。

——我逃到高齐穆[①]；我竭诚忏悔，临到后来，我不害怕上帝了。若干人聚在我的四周要做隐修士。我给他们立下切实的规律，一反格劳斯派[②]的狂妄和哲学者流的主张。各地来信问我。人从极远的地方来看我。

——不过人民虐待承认自己信教的男女，我渴于殉教，重新来到亚力山太。迫害已经停了三天了。

——折回的时候，赛辣皮斯[③]庙前聚了一大群人，拦住我的去路。有人告诉我，这是总督最后一次示众。在廊庑中央，大太阳底下，一个赤裸裸的女人缚在柱子上面，两个兵用皮条抽她。每打一下，她的全身抽搐一下。她转过脸来，张开嘴；——越过人群，隔着她覆面的长发，我相信我认出了阿媢娜芮亚……

——不过……这个女人还要高，……还要美，……美得出奇！

他把手放在额头。

---

① 高齐穆（今多译为克津山——编者）：即今日埃及的苏伊士。

② 格劳斯派（又译诺斯替派——编者）：或译作智慧学派，是基督教初年各种异说的一个总称呼。它们的来源多系非基督教的，或为犹太，或为希腊，或为波斯，或为埃及，用以诠释各自臆想的基督教义。圣安东时代正是格劳斯学派全盛时代，本书第四章便是格劳斯学派的一个大展览。

③ 赛辣皮斯：埃及的神祇。相传奥西芮斯是赛辣皮斯的前身，即奥西芮斯在人世的征象是一只公牛，取名阿皮斯，备受崇拜，二十五年后处死，改名赛辣皮斯，统治阴曹。赛辣皮斯庙是亚力山太最著名的神庙，建于多力买朝初年。内中神像为木质，涂缀各种金石，被香烟熏成黑色。相传庙为方形，周围是道院，地下尚有廊庑。

——不！不！我不要往这上面想！

——又有一回，阿塔纳斯①叫我帮他对付阿芮屋斯的信徒。所谓辩论也就是谩骂和嘲笑。然而从那时候起，他就遭人指摘，去了职，亡命在外。如今他在什么地方？我完全不知道！人家犯不上给我送信！我的弟子全离开了我，伊拉芮影②也和别人一样！

——来的时候，他也许是十五岁；他异常聪明，时时有话问我。随即思维的样子，他静静听着；——我需要的东西，他不作声就帮我拿来，比小山羊还要轻快，而且高高兴兴，主教也要让他逗笑了。他好似我一个儿子！

天是红的，地完全成了黑的。好像宽大的尸布，沙子随着狂风扬了上去，又落了下来。在一角青天，忽然飞过好些鸟，形成一彪三角形的队伍，仿佛一块金板，只有边缘颤动。

安东望着它们。

——啊！我多想随它们飞！

——有多少次，我满怀妒忌，看着长长的船，帆像翅膀，特别是把我的客人送往远方！我们的时间过得多么有趣！多倾怀相与！其中阿蒙③最使我感到兴味；他对我讲起罗马的旅行，地下坟穴，

---

① 阿塔纳斯：二九六年生于亚力山太，基督教正统派著名的战士。他用全力对付阿芮屋斯等异说领袖。他在尼塞会议得名，三二八年升任亚力山太主教，其后被放，流亡在外，直到三六一年返回故乡，重任主教，三七三年逝世。他传下来的著述很多，大都基于拥护“三位一体”的主张。

② 伊拉芮影：巴勒士登（又译巴勒斯坦——编者）人，四世纪的隐士圣安东的弟子。

③ 阿蒙：与圣安东同时的埃及僧侣，为尼屯寺院的创始人。

斗兽场，名门闺秀的虔诚，成千上万的事物！……我没有意思和他一同走！何以我坚持要过这种生活呢？我在尼屯[①]的僧侣那边停下也就好了，好在是他们求我。他们住各自的小屋，彼此全有来往。星期天，喇叭把他们聚在教堂，里面挂着三条惩罚破戒偷盗和擅自闯入的人们的鞭子，因为他们的纪律是严厉的。

——其实他们并不缺少美味甘旨。信徒给他们带来鸡蛋、水果，甚至于拔脚刺的器具。皮司牌芮[②]周围有葡萄园，住在巴拜[③]的人们还有一个筏子去取食品。

——然而我仅只做一个教士，我对于我的教侣或许更有用处。援助穷人，分配圣事，为各家所敬重。

——而且俗人并不完全打入地狱，我尽可以做……例如……文法家，哲学家。屋子里面来上一个苇子做的浑天仪，永远握着写字板，年轻人围住我，门口挂着一个桂冠做幌子。

——不过得意在这里具有过多的骄傲！当兵好些。我又结实，又胆大，——捆挽机件的缆索，穿越阴沉的森林，顶着盔走进冒烟的城邑，我全可以！……就是我拿钱买一个收过桥税的税吏做做，也并不怎么为难；旅客可以告诉我好些故事，打开行李让我看许多稀奇古怪的东西……

---

① 尼屯：下埃及的一区，早期基督教徒隐居的地方。

② 皮司牌芮：在中埃及曼菲司（今多译为孟菲斯——编者）之南，圣安东早年在这里隐居过，建有寺院。

③ 巴拜：埃及的一个村庄，是下埃及苦修僧人巴考穆最初建立一个寺院的地方。

——过节的日子，亚力山太的商人在喀劳浦[1]河上泛舟，用荷花的苞萼饮酒，喧阗的鼓声震得沿岸的酒店颤索！再往远去，好些剪成圆锥形的树木挡住南风，保护着安静的田庄。细细的小柱聚在一起，仿佛一所围场的棍子，撑住高高的房顶；主人躺在长椅上面，藉着小柱的空当，望着他四周所有的平原，麦地的猎户，压葡萄酒的榨床，踩麦颗的牛。他的子女在地上玩耍，他的女人弯下身子吻他。

在夜色灰白的朦胧之中，远远近近，露出好些尖尖的面孔，发直的耳朵和熠耀的眼睛。安东走过去。石子摊开，走兽逃掉。原来是一队豺狼。

只有一个留下来，蹲在后爪上面，蜷着半个身子，斜着头，样子充满了疑惧。

——多好看！我真想轻轻摸一下它的背。

安东吹口哨叫它来。豺狼消失了。

——啊！它会伴侣去了！多寂寞！多无聊！

苦笑：

——织席，编篮子，把棕榈枝子烤成牧羊人的棍子，然后拿这些东西和土人交换一些咬不动的面包，——是一种怎样美丽的生存！啊！苦命的我！真就没有一个完！倒不如死了好！我忍不下去了！够了！够了！

---

① 喀劳浦：下埃及滨海的一个城邑，离亚力山太不远，即今日的阿布基尔。

他跺着脚，在石头中间快步旋转，随后喘着气，收住步，侧身倒在地上，哭泣起来。

平静的夜晚；数不清的星宿在悸动；仅仅听见蜘蛛的兹兹的响声。

十字架的两条胳膊往沙子上面撒下一个影子；安东在哭泣之中望见。

——我就这么弱，我的上帝！拿出勇气，站起来！

他走进他的茅庐，捡出一颗埋在灰烬的炭火，燃起一根火把，放在木几上面，照亮那本大书。

——假定我翻开……《使徒行传》？……是的！……随便哪一页全好！

——“……看见天开了，有一物降下，好像一块大布，系着四角，缒在地上。里面有地上各样四足的走兽和昆虫，并天上的飞鸟。又有声音向他说：‘彼得，起来！宰了吃。’”①

——那么主愿意他的使徒什么全吃吗？……可是我……

安东的下颌垂到胸口。风吹动书页，引他重新抬起头；他读着：

——“犹太人用刀击杀一切仇敌，任意杀灭恨他们的人。”②

——接着是他们杀了的人数：七万五千。他们先前受够了罪！而且，他们的敌人就是真上帝的敌人。屠杀偶像崇拜的人们，

① 《新约 · 使徒行传》第十章第十一至第十三节。

② 《旧约 · 以斯帖记》第九章第五节。

又为自己复仇，他们该多高兴！不用问，城里全是死人！花园的门首是，楼梯上是，屋内高高积的也是，门就没法子转动！……——不过，我简直沉在血和暗杀的念头里面！

他翻到另一个地方。

——“当时，尼布甲尼撒王俯伏在地，向但以理下拜……”①

——啊！这才对！上天把他的先知置诸帝王之上；其实尼布甲尼撒花天酒地，镇日沉湎在快乐和骄傲之中。可是上帝惩罚他，把他变做走兽。他四条腿走路！

安东大笑；一伸胳膊，他的手指弄乱了书页。他的眼睛落在这句话上面：

——“希西家听从使者的话，就把他宝库的金子、银子、香料、贵重的膏油，和他武库的一切军器，并他所有的财宝，都给他们看。”②

——我可以想象……他们看见宝石、金刚石、达利克③，一直堆到天花板。一个人这样富裕，不再和常人一样了。他一壁摸弄它们，一壁思索他握着计算不清的人力的结果，好似民族的生命，他吸了进来，可以喷出去。这是一种对于帝王有用的预防。那位最贤明的王就想到这层。他的战舰为他运来象牙、猴子……这在哪

---

① 《旧约·但以理书》第二章第四十六节。

② 《旧约·列王纪下》第二十章第十三节。

③ 达利克（又译大流克——编者）：波斯金币，发行于达利乌·西斯塔斯普斯在位（纪元前五二一年到前四八五年）时代，通行近东，迄亚力山大大帝时代尚为流行，今日约合美金五元二角八分。

一章？

他急忙翻着。

——啊！这儿是："示巴女王听见所罗门因耶和华之名所得的名声，就来要用难解的话试问所罗门。"①

——她怎么希望诱惑他呢？魔鬼就想诱惑耶稣来的！然而耶稣得了胜，因为他是上帝；所罗门也得了胜，或许由于他巫师的学问。这种学问非同小可！因为世界，——有一位哲人曾经为我这样解释，——形成一个整体，而其各部分互相影响，犹如一个身子的器官。知道了事物的自然的爱憎，进而加以玩弄，不就是这种学问吗？……那么，形似不变的程序真还能够加以修改？

于是十字架的胳膊在他后面撒下的两道影子投射到他前面。它们仿佛两只大犄角；安东喊叫：

——救命，我的上帝！

影子回到原处。

——啊！……一种幻觉！不是别的！——我白折磨我的精神，没有用！我没有事做！……绝对没有事做！

他坐下，交着胳膊。

——其实……我当年自以为"他"要来……可是"他"做什么来？而且，他的心计我有什么不知道的？我拒绝了那笑着献给我小

① 《旧约·列王纪上》第十章第一节。"最贤明的王"即指所罗门而言。

热面包的奇怪的隐修士，那试着驮我走的桑陶[1]——和那美极了的黑小孩子，在沙子中间出现，告诉我他叫“淫欲之神”。

安东向左向右急急走着。

——奉了我的命，大家盖了许多隐修的地方，住满了山羊皮底下穿着苦衣的僧侣，多到可以成为一支军队！我老远就治好了病人；我赶走了魔鬼；我在鳄鱼中间渡过了河；君士旦丁[2]皇帝给我写了三封信；巴拉齐屋斯[3]拿痰唾我的信，被他的马撕烂了他；我露面了，亚力山太的人民争先恐后来看我；阿塔纳斯亲自送我上路。全是什么样的事业！如今有三十多年了，我一直在沙漠之中呻吟！好像尤赛布[4]，我腰上缠了八十磅的黄铜；好像马开尔[5]，我露出身体叫虫来蜇；好像巴考穆[6]，我一连五十三夜不闭眼睛；和我一比，砍头的人们，钳死的人们，或者烧死的人们，也许全不如我道高德重，正唯我的生命是一串不断的殉难！

---

① 桑陶（又译半人马族——编者）：古代一种野蛮民族，诗人想象做上半身是人下半身是马的妖怪。通常心性良善，例如齐龙（又译喀戎——编者），是医神艾斯库拉普的先生。

② 君士旦丁：三〇六到三三七年的罗马皇帝，迁都毕让司，改名君士坦丁堡。他正式承认保护基督教。

③ 巴拉齐屋斯：埃及的公爵，阿塔纳斯遭流放，圣安东几次写信给他，他置之不顾。相传五日之后他就死掉。

④ 尤赛布：巴勒士登该撒力亚（地中海东岸的古城，在特拉维夫与海法之间——编者）的主教，生于二六七年，死于三四〇年，著有《圣教史》一书。

⑤ 马开尔：上埃及的苦修僧人，约生于三〇九年，死于四〇四年。

⑥ 巴考穆：下埃及人，约生于二九二年，死于三四八年。三二五年，他在尼罗河的一座岛上创立一个僧人会社，每三人住一间小室。同时他创立一座女修道院，开后世的先河。

安东放缓步子。

——显然，没有一个人遇到的困难有我这样深沉！慈悲的心肠少了。人不再施舍我东西。我的袍子烂了。我没有芒鞋，简直一个盘子也没有！——因为，我把我的全部财产分给穷人和我的家族，自己不留分文。就算为我添置一些做活必须的器具，我也需要一点儿钱。噢！不必多！一点小数目！……我会省着用的。

——尼塞[①]的圣父们，披着紫袍，好像东方的玛吉[②]，沿墙坐在宝座；人家邀他们饮宴，礼遇优渥，特别是巴福鲁斯[③]，因为自从狄奥克莱先[④]施行迫害以来，他便瞎了一只眼，瘸了一条腿！皇帝吻了好几次他那只瞎眼；简直胡闹！其实，主教大会就有若干会员声名扫地！一个西古提[⑤]主教，戴奥菲勒；另一个波斯的主教，约翰；一个看守牲口的，司皮芮丁[⑥]！亚力山大[⑦]太老了。阿塔纳

---

① 尼塞（又译尼西亚——编者）：小亚细亚黑海西南比提尼亚地区的城邑，325年在这里举行宗教会议。即今日的伊司尼克。

② 玛吉（又译穆护、祆教传教士——编者）：《旧约·但以理书》把“玛吉”译作“术士”，《新约·马太福音》译作“博士”，实际他们是波斯教圣经《亚吠陀》的教士，地位很高，民间朝廷无不有赖于他们的指导。他们自成一种阶级，不仅是教士，而且是学者。

③ 巴福鲁斯：上埃及某城的主教。

④ 狄奥克莱先（又译戴克里先——编者）：二八四年嗣位为罗马皇帝。三〇五年让位，退隐故乡，农耕为乐。他反对基督教，特别是统治后期，被称为“殉教者时期”。

⑤ 西古提：黑海与波斯以北的广大地带。

⑥ 司皮芮丁：地中海东部居比鲁（即塞浦路斯——编者）岛的一位主教，知名于尼塞主教大会。

⑦ 亚力山大：亚力山太的主教（三一二到三二六年），死后由阿塔纳斯继承主教之职。

斯要想阿芮屋斯的信徒让步，应当对待他们更和缓一些！

——可是人家肯让步倒也好了！人家连我的话都不要听！那个反驳我的人，——一个卷卷胡子的高大的年轻人，——一副安详的神气，拿似是而非的话来反对我；我寻思语言的时候，他们伸出凶恶的面孔望着我，豺狼一样地狂吠。啊！如今我要是能够叫皇帝把他们一个一个流放出去，或者不如打他们一顿，压烂他们，看他们受罪，有多好！我哪，我就受够了罪！

软弱无力——靠住他的茅庐。

——我断食太久！我没有力气。我要是吃……一次也好……一块肉。

他懒洋洋地半阖住眼睛。

——啊！红红的肉……一串咬着吃的葡萄……在盘子上颤索的奶冻！……

——不过我怎么了！……我怎么了！……我觉得我的心大了，和海在狂风暴雨以前膨胀一样。我感到一阵无边无涯的慵软，温暖的空气好像为我吹来头发的香气。没有女人来，可不是？……

他转向石间的小径。

——她们从这儿来，随着太监的黑胳膊的起落，坐在她们的床舆里面摇摇摆摆。她们走下来，合着她们戴戒指的手，跪下来，把她们的忧虑告诉我。她们折磨于一种超人的欢愉的需要；她们宁可死，她们梦见神招呼她们；——她们的袍子的下摆搭在我的脚上。我推开她们。她们说："噢！不，不要这样！"我应当怎么办？她们欢迎任何忏悔。她们要求最厉害的忏悔，分我的忏悔，和我一同居住。

——如今有好久了，我没有看见她们！也许她们还要来？为什么不？万一忽然……我会听见骡子的铃铛在山里响。我觉得……

安东爬上小道入口的一块石头；他俯向前，眼睛望进黑暗。

——是的！那边，老远的地方，一堆东西在动，好像寻路的旅客。他们在那儿！他们迷了路。

呼唤：

——这边！来呀！来呀！

回声重复着：来呀！来呀！

胳膊落下，他惊呆了。

——多不害臊！啊！可怜的安东！

他立即听见有人耳语："可怜的安东！"

——谁？答话呀！

石隙起了过往的风，抑扬顿挫；他从杂乱响朗的风声辨出好些声音，好像空气说话，低而悠柔，呼哨一样嘶着。

第一：

——你要女人吗？

第二：

——还是大堆的银子？

第三：

——一把亮煌煌的剑？

其余：

——全体人民仰慕你！

——睡你的吧！

——你要杀他们，好，你要杀他们！

就在同时，事物换了形体。绝崖边沿的那棵老棕树和它绚烂一片的黄叶，变成一个女人的上身，俯在深渊上面，摇摆着粗壮的头发。

安东

转向他的茅庐；支持那本大书的几子，和书页上的黑字，他觉得类似一丛灌木，飞满了燕子。

——不用问，是火把的光亮在作怪……弄灭了它！

他弄灭火把，黑暗幽深了。

忽然，空中先过来一塘水，随后一个妓女，一座庙的角落，一个士兵的形象，一辆驾着两匹撩起后脚的白马。

这些形象急遽而来，一闪一闪地映上夜幕，好像朱色的图画镶在乌木上面。

它们的动作加快。它们的来去就无法接识。它们有时候停住，渐渐黯淡下去，溶化了；或者，它们飞开，别的立即来了。

安东闭住眼帘。

它们增多了，环绕他，攻打他。一种难以形容的恐惧袭有他；他什么也不感觉到，除去上腹一阵炽热的抽搐。脑中虽说一片喧嚣，他感觉一种浩瀚的沉静把他和世界分开。他打算说话。不可能！他生命的一般的关联似乎溶解；安东不再抵抗，倒在席上。

二

于是地上显出一个庞大的影子，比通常的影子细致，缘边缀着若干别的影子。

这是魔鬼，肘子拄着茅庐的房顶，两翼下面挟着——好像一只奇大的蝙蝠乳喂子女——七大业障[①]，隐隐约约，露出他们的鬼脸。

安东一直阖住眼睛，享受他的静止；他在席上摊开他的四肢。

他觉得席越来越温软，简直装满棉花，高鼓起来，变成一张床，床又变成划子；水溅着它的两侧响。

左右突起两座黑岬，上面是耕种的田亩和一棵一棵间隔的枫树。远远传来铃铛、鼓和歌者的声音。这是一群到喀劳浦河的赛辣皮斯庙求梦的人。安东知道这个；风推着他，滑过运河的两岸。巴皮鲁司[②]的叶子和睡莲的红花，比人还高，垂在他的上空。他躺在船心；一把桨拖在船尾的水中。不时吹来一阵热风，细削的芦苇彼此拂击。小水浪的粼粼声减小。他困过去了。他梦见自己是埃及的一位隐士。

于是他一跃而起。

——我做梦来的？……清楚极了，我不信是梦。我的舌头发燥！我好渴！

他走进他的茅庐，在各处胡乱摸索。

——地是湿的！……难道下雨来的？瞧！碎瓦片！我的坛子砸了！……不过皮袋呢？

他寻见皮袋。

——空的！完全空的！

——下到河边，少说我也要三小时，夜这样黑，我摸不到河边的。我的肠子绞动。面包在什么地方？

寻了半天，他捡起不到蛋大的一块面包皮。

——怎么？叫豺狼偷吃了吗？啊！真倒楣！

他一生气，把面包扔在地上。

他刚这样一做，便见出来一张桌子，摆满一切可口的东西。

毕苏丝③桌布，织成一道一道，仿佛司凡克司④的条纹，本身发出粼粼的晶莹。上面是整幅的红肉、大鱼、带羽的鸟、带毛的兽，颜色染来几乎巧夺天工的水果；白色的冰块和堇色水晶的酒

---

① 七大业障：一八四九年《圣安东的诱惑》初稿的分配是：嫉妒、吝啬、物欲、忿怒、饕餮、慵惰、骄傲。

② 巴皮鲁司（即纸莎草——编者）：生长在尼罗河两岸的一种苇子，埃及人用它的皮来写字，其后罗马人征服埃及，意大利、希腊各地全部采用。所以，在本书内，作者有时用作植物，有时用作纸。

③ 毕苏丝：海中某类软体动物的足部的分泌物，形状如丝，古人有用以织名贵物品者。

④ 司凡克司（又译斯芬克斯——编者）：埃及象征太阳（因而象征权威）的狮身人面兽，雕置于陵墓之前。

Girieud

樽，相映成辉。安东看见桌子中央有一只全身毛孔冒气的野猪，爪子蜷在肚子底下，眼睛闭住一半；他想到能够吃这可怕的走兽，他十二分快活。此外还有好些他从来没有见过的东西，黑色的杂烩，金色的冻子，炖肉中间漂起的香菇仿佛池面的荷花，沫子好似浮云一样轻。

席面的馥郁为他带来大洋的咸味，泉水的清凉，树林浓烈的芬芳。他用力张开他的鼻孔；他流着涎水；他向自己道，这足够他一年，十年，他一生用的！

他睁大眼睛浏览这些菜肴，同时菜肴越聚越多，形成一座金字塔，四角向下倾圮。酒开始流注，鱼开始跳跃，盘子里的血沸腾，果肉好像多情的嘴唇往前伸；桌子高高升到他的前胸，他的下颌，上面只有一个碟子和一块面包，正好对着他的面孔。

他想拿起面包。别的面包呈了上来。

——给我吃的！……全都是！不过……

安东向后退。

——原来一块面包，如今变成许多块！……那么，这是一种灵迹，和救主所显的灵迹一样！……

——为了什么目的？哎！这不见其那么难懂！啊！魔鬼，滚开！滚开！

他踢酒席。酒席不见了。

——没有剩下什么？——没有！

他呼了一口长气。

——啊！诱惑好厉害。可是我到了儿逃出来了！

他抬起头，误践着一个响亮的东西。

——什么东西？

安东弯下腰。

——噫！一只杯子！一定是旅客丢失的。不必大惊小怪……

他沾湿手指擦着。

——发亮！铜的！不过，我看不清……

他燃起火把，检查杯子。

——是银的，口上镶着一圈卵样的小东西，紧底有一个奖章。

他用指甲挑起奖章。

——这是一块钱，值……七八个达克穆①；不会再多了！管它哪！我拿这钱很可以给自己弄到一件母羊皮。

火把映亮杯子。

——不可能！金的！可不！……全是金的！

紧底露出一块更大的钱来。在这下面，他发现了好几块。

——数目可真不小了……足够买三只牛……一小块田的！

杯子如今盛满了金币。

——好呀！一百名奴隶，兵士，一堆钱，可以收买……

杯口的细粒脱开，形成一串珍珠项圈。

——拿着这串珠宝，一个人简直可以买通皇后！

① 达克穆（又译德拉克马——编者）：一种古希腊银币，值不到一个佛郎。

安东仅仅一摇，项圈滑上他的手腕。他用左手端住杯子，右臂举起火把打亮。好像水从水池流散，钻石、红宝石、蓝宝石，夹杂着帝王肖像的大金币，泉一样不断向外涌，在沙地涌成一座丘阜。

——怎么？怎么？司塔泰[①]，西克勒[②]，达利克，阿里杨笛克[③]！亚力山大大帝、戴麦屯屋斯[④]、多力买各代的帝王[⑤]、恺撒[⑥]！可是他们谁都没有这么多的钱过！还有什么办不到的事！用不着再受苦！这些亮光映花了我的眼睛！啊！我的心溢出来了！这太好了！是的！……是的！……多来点儿！永远不会够的！我就是抓起来不断往海里扔，我还有的是钱。何必丢掉呢？我全藏起来，谁也不告诉；我在石头当中掘一间屋子，里面用铜片包住——我走进去，体味成堆的金子在我的脚跟底下陷落；我把胳膊伸进去，好像伸进粮食口袋。我愿意用它们揩脸，在上面睡觉！

他丢开火把来抱成堆的金子，胸口朝地摔了下去。

他站起来。地面完全是空的。

——我怎么了？

---

① 司塔泰（又译斯塔德——编者）：一种古希腊的币值标准，常指四达克穆面值的银币。

② 西克勒：一种通行巴比伦与犹太的银币。

③ 阿里杨笛克：达利乌在位时代，波斯的埃及省长阿里杨带斯所铸的银币。

④ 戴麦屯屋斯（又译德米特里一世——编者）：纪元前二九五到前二八七年的马其顿王，攻掠若干希腊城市。

⑤ 多力买各代的帝王：埃及的王室，自纪元前三二三年，传至纪元前三〇年，共得十六代。

⑥ 恺撒：罗马共和国晚年最著名的将军。同时，恺撒又是罗马前十一代皇帝的称号。

——我要是在这时候死了，一定下到地狱！无从挽救的地狱！

他的四肢颤索了。

——难道我注定遭劫？哎！不对！是我自己错！是我让自己上当！没有比我再蠢再无耻的了。我想打自己一顿，或者简直从我的身体把自己抓掉！我容忍自己未免太久了！我需要处罚，打，杀；我的灵魂里像有一队野兽。我真愿意在人群之中用斧子……啊！一把刺刀！……

他瞥见他的刀子，扑了过去。刀滑出他的手，于是安东贴着他茅庐的墙，张大了嘴，一动不动，软瘫了。

四周完全消失了。

他以为自己站在亚力山太的巴勒穆上面。这座假山正在城市中心，一架蜗牛式的梯子盘绕着。

他面前是马迺奥提司湖①，右手是海，左手是田野，正当他的眼下，是一片纷零的平屋顶，南北东西有两条街，互相交切，从头到尾，形成一行哥林多②式样的柱头的廊庑。高出于双层柱廊之上的房屋，装着有色的玻璃窗户。有些窗户靠外按着巨大的木笼，吸收空气进来。

样式不同的建筑紧紧靠在一起。埃及的皮劳③主有希腊的庙

① 马迺奥提司湖：亚力山太以南城外的大湖。

② 哥林多（又译科林斯——编者）：古代希腊最繁盛的一座城；在建筑里面，哥林多式样的柱子最称富丽。

③ 皮劳（即塔门或桥头堡——编者）：埃及古代神庙门前的一种四方门台，雄巍异常。

宇。方尖塔好像长枪突出红砖的雉堞。在好些空场当中，立着尖耳的海尔麦斯①同犬头的阿鲁比斯②。安东望见院子的砌画，和挂在天花板小梁的毡子。

他一眼望尽两座港口（大港和尤闹司特），二者全和竞技场一样圆，中间一道坝隔开；坝把亚力山太连在陡斜的小岛；岛上耸立着四角形的法尔塔，五百库代③高，分做九层，顶端有一堆黑炭冒烟。

靠岸好些小港切碎了大港，坝的两头接着一座桥，架在海里大理石的柱子上面。底下有帆船来往；装多了的沉重的驳船，镶嵌着象牙的画舫，支着帐幕的游艇，三排橹或者两排橹的战舰，各式各样的船只，靠住码头停泊，或者钻来钻去走动。

围着大港是一串不断的皇家建筑：多力买的宫殿、博物馆、海神庙、恺撒庙，马克·安东尼④避难的提冒尼乌穆，亚力山大的陵寝扫麻⑤；同时在尤闹司特之后，城市的另一端，可以望见一座

---

① 海尔麦斯（又译赫耳墨斯——编者）：希腊的神祇，即罗马神话中的麦尔库尔（又译墨丘利——编者），天神之间的使者，发明字母数目天文学等，保护商业，馈赠幸运与梦，又因为聪明狡黠，窃盗奉为他们的神祇。

② 阿鲁比斯：古代埃及象征忠实的神祇，奥西芮斯和其弟媳迺芙媞丝的私生子，人身，豺头。

③ 库代（又译肘——编者）：古代一种量度，肘到中指尖的距离，约当中国一尺。

④ 马克·安东尼：恺撒的朋友，替他复仇之后，与奥克塔夫（又译屋大维——编者，即罗马帝国的创业者，后改名亚古士督）和赖皮得（又译雷必达——编者）共掌大权，随后来到埃及，与奥克塔夫失和，被困于亚力山太，纪元前三〇年自杀。

⑤ 扫麻：传说中亚力山大大帝的陵寝，埃及多力买各代帝王的陵寝也在扫麻下面。

关厢的玻璃、香料和造纸的工厂。

好些小贩、挑夫、驴夫跑来跑去，你撞着我，我撞着你。这儿那儿，走过一个肩头披着豹皮的奥西芮斯①教士，一个戴着铜盔的罗马兵士，许多黑人。在商店的门限，好些妇女站住，好些匠人做活；车辆吱呦的声音吓开在地面啄食残鱼剩肉的飞鸟。

好像一面黑网，街市的图案撒向房屋白色的纯一。充满了草的市场在这里活似绿花捧；染房的晒台活似各色板片；庙头的金饰活似若干亮点：这一切包在浅灰色墙壁的卵形圈子里面，在碧天的穹窿之下，靠近平静的海。

然而群众收住步，往西望，从那边卷来成团的尘土。

这是戴巴伊德的僧侣，穿着山羊皮，挥着粗棍，喊着一种战争和宗教的圣歌，其中的叠句是："他们在什么地方？他们在什么地方？"

安东明白他们来杀阿芮屋斯的信徒的。

忽然街心空了，只看见一些砍掉的脚。

那些隐士如今到了城里。他们的可怕的钉子棍，和钢铁的太阳一样旋转。房屋传出东西摔碎了的声音。有一时静了下来。随即呼

---

① 奥西芮斯：埃及的神祇，象征善、光明与创造。相传他和夫人伊西丝来到埃及，开化人民，见忌于他的兄弟提丰（又称赛特——编者）。后者设计，把奥西芮斯骗进一只箱匣，抛在尼罗河。箱匣漂到腓尼基的毕布劳司（即今黎巴嫩朱拜勒——编者），长进一棵树心，伐成柱子，立在腓尼基王宫。伊西丝率领义子阿鲁比斯四处寻觅，终于运回埃及，藏在一座森林。提丰发现箱尸，斫成十四块扔掉。伊西丝寻回十三块。据说奥西芮斯又是尼罗河神，每年看望伊西丝一次。伊西丝象征大地。

喊破空价响了起来。

街这头到街那头，是不断的惊惶的人民的浪涛。

好些人拿着长矛。有时候，两群人遇见，合成一群；于是这堆人在石地滑动，分开，倒了下来。然而长头发的人们总在重新出现。

若干厦宇的角隅升起团团的烟网。门扇裂开。墙倒坍。柱头掉下来。

安东一个一个寻见他所有的仇人。他忘记的仇人他也认出来了；他先加以凌辱，然后杀死。他剖开他们的肚腹，割断他们的咽喉，砸倒他们，揪老年人的胡须，压轧小孩子，殴打受伤的人们。隐士们毁坏奢华的东西出气；不识字的人们撕书；有的敲碎弄坏雕像、画幅、木器、箱柜，成千成万他们不懂用法的玲珑什物，唯其不懂，他们更加气闷。他们不时停下来喘气，随即重新开始破坏。

居民逃在院子呻吟。妇女向天伸起她们的泪眼和赤臂。她们抱住隐士的膝头，希图感动他们；他们推翻她们；血一直溅到天花板，瀑布似的又沿墙倾下来，流出砍掉头颅的尸身，流满了阴沟，地面聚成大摊红水。

安东在血里面，一直陷到膝盖。他在里面走；他吸掉嘴唇上面的血滴；他感觉血淋着他的四肢，湿透他的皮袄，贴着他的皮肤，因为欢喜，哆嗦起来了。

夜来了。巨大的喧哗平息了。

隐士们不见了。

忽然，安东瞥见好些粗的黑线，绕着法尔九层塔的外廊，和乌鸦落在那里一样。他跑过去，站在塔尖。

一面大铜镜，照向远海，映出行驶的战舰。

安东望着它们消磨时间；他越望去，它们的数目也越发增多。

它们聚拢在一个新月形的海湾。后面一座海岬上面，露出一座罗马建筑式样的新城，石铺的圆顶，锥形的屋顶，粉红和蓝的大理石，还有多量的点铜锡包着螺旋的柱头、屋脊、柱头凸帽的四角。一座柏树林子主有全城。海的颜色更绿，空气更冷。雪盖着天际的峰峦。

安东寻找路走，就见一个人靠近招呼他道："来！有人等着你！"

他穿过一个市场，走进一座院子，在一座门底下弯腰；他来到宫廷的前脸，上面装璜着一群蜡制的人物，是君士旦丁皇帝降龙的故事。一个云斑石的承水盘，中间有一个金海螺，盛满了松子仁。向导告诉他可以拿，他便拿了一些松子仁。

随后他来在一串迷宫似的房间。

沿墙的砌画是好些将军伸出手心，向皇帝献上征服的城邑。到处是火成岩的柱子，银丝盘绕的栅栏，象牙座椅，绣着珍珠的毡子。光从穹顶落下。安东继续行走。温薰的气息流散着；他有时候听见云鞋轻微的响声。卫兵仿佛机器人站在前厅，肩头扛着镀银的御杖。

最后，他来在一间厅房的下首，末端紧底挂着橙色的帷幕。帷幕分开，露出宝座上面的皇帝，堇色上身，红底黑道的短靴。

他戴着一顶珠冕，头发理成对称的圆绦。眼帘下垂，鼻子端正，面貌浊重而又狡黠。他头上宝伞的角落立着四只金鸽，宝座下面踞着两只珐琅狮子。鸽子开始歌唱，狮子开始吼号。皇帝旋转眼睛。安东向前走；他们并不寒暄，立即互相陈述事变。在安提阿①，以弗所②和亚力山太各城，有人抢劫庙宇，拿神像去做锅罐；皇帝听见大笑。安东责备他宽纵闹法先③的信徒。不过皇帝忿怒了，闹法先的信徒、阿芮屋斯的信徒、麦莱斯④的信徒，他全厌烦。可是他赞美主教制度，因为基督教徒推举主教出来，后者依恃五六位大人物做靠山，只要买通几位靠山，此外也就都成了他的。所以他拿出大量钱来贴补他们。不过他憎恨尼塞主教大会的圣父。“我们看看去！”安东随着他。

他们走上一座高台，立在一起。

---

① 安提阿（又译安条克——编者）：叙利亚的古城，纪元前三百年左右建立，在奥伦提斯河左岸，离地中海十六英里半，介乎两山之间，通常称为“东方的门户”。

② 以弗所（又译艾菲斯，位于土耳其伊兹密尔南约五十公里——编者）：古代小亚细亚最重要的通商大埠，三面环山，濒临爱琴海。具有世界七奇之一的月神狄亚娜大庙，费时二二〇年，用全亚细亚募来的款筑成。长四二五尺，宽二二〇尺，用最白净的大理石起造，相传彗星一样闪烁。柱子高六十尺，共一二七根。庙内藏有希腊著名雕刻家和画家的作品。庙内中央是狄亚娜的神像，相传从天上坠下，其后毁于兵火。

③ 闹法先（又译诺瓦替安——编者）：意大利神学家，二五一到二五八年被拥立为罗马天主教会的敌对教皇，同时反对重婚，自成一派。

④ 麦莱斯：四世纪初叶，上埃及里考包里司城的主教，反对亚力山太的彼得，尼塞主教大会取消他的职位。

他们正好俯瞰一座竞赛场，挤满了人，上面是廊庑，另外一群人在这里散步。跑马场中心有一座窄小的平台，长里放着一座麦尔库尔的小庙、君士旦丁的雕像、三条纠缠着的铜蛇；一端是好些大木蛋，一端是七只尾巴朝天的海豚。

皇帝的看台后面坐着各部会长官、禁军统领和御前顾问，一排一排，一直排到一座教堂的第一层楼。教堂的窗户挤满了妇女。右手是蓝队的看台，左手是绿队的看台，下面是一排整装待发的兵士，和场地在同一层是一列哥林多样式的拱门，形成包厢的入口。

马排好了，竞赛就要开始了。高羽翎插在马耳当中，树木一样迎风摇摆；马的跳跃牵连着蚌壳似的车也在震荡。车夫穿着一身颜色斑驳的铠甲，袖子当臂的地方宽，来到腕子又窄了；赤着腿；大胡须；前额的头发学匈奴人的式样剃光了。

安东起初被喧哗震聋了耳朵。从上到下，他瞥见的只是傅粉的面孔、五颜六色的衣服、亮煌煌的金银首饰；同时场里的沙子，白皙皙的，镜子一样熠耀。皇帝陪他谈话，告诉他好些重要秘密的事体，承认暗杀他的儿子克里斯浦斯①，甚至于向他请教自己的健康。

同时，安东注目包厢靠里的奴隶。他们是尼塞主教大会的圣父，穿着褴褛的衣服。殉教者巴福鲁切给一匹马刷鬣毛，戴奥菲勒给另一匹马洗腿，约翰给第三匹马漆蹄子，亚力山大往一只筐子里

---

① 克里斯浦斯：君士旦丁大帝听信后妻的诬告，于三二六年毒死他前妻的儿子克里斯浦斯。

拾粪。

安东在他们中间走过。他们闪在两边央他说情，吻着他的手。全部的群众呼骂他们；看他们沦落，他非常愉悦。现在他成为朝廷大臣的一员，皇帝的亲信，首相！君士旦丁把皇冕加在他的额头。安东视为当然，接受这种荣誉。

不久，黑暗之中显出一间金烛台照亮的大厅。

柱子非常高，半截沦入阴影，在桌子外面一行一行列开。桌子一直摆到天际。层层叠叠的楼梯、绵延不断的拱廊、高大的雕像和塔，在一种明亮的水汽中间呈现；再远的地方是一片迷濛的宫殿和高出宫殿的柏树，在黑夜形成更黑的物体。

宾客戴着堇冠，肘子靠着低低的床榻。爵倾侧着，沿着两行床榻注酒；尼布甲尼撒王戴着冠冕，全身红宝石，一个人坐在顶里边饮宴。

两列戴着尖帽的教士在左右给他摇摆香炉。在他下面地上，爬着俘来的王公，没有脚，没有手，啃着他扔给他们的骨头；再往下去是他的许多兄弟，眼睛蒙着一条带子，因为全是瞎子。

地牢深处传出不断的呻吟。一架水力风琴的悠柔的声音同歌队的合唱交相起伏；大厅四周仿佛围着一座浩淼的城市，一片人海，而波浪打着墙壁。

奴隶端着盘子奔跑。妇女来来往往地斟酒，面包的重量压着筐子响；一匹单峰骆驼驮着戳破的皮袋，踱来踱去，一路流出马鞭草，好让石地清凉。

兽奴牵来狮子。好些舞女由鼻孔往外吐火，头发用网罩住，手拄着地旋转；卖艺的黑人变着戏法；赤身的儿童彼此扔着雪球，落下来碰到辉煌的银器。喧哌好似一场狂风暴雨，肉香和呼吸像一片厚极了的云飘浮在宴席上面。有时候风吹动巨大的烛台，落下一个火星，好似一颗流星飞过夜空。

尼布甲尼撒王用臂拭着面孔的香气。他用供神的瓶罐吃喝，随即摔碎；他心里数着他的战舰、军队、臣民。忽然心烦了，他想焚烧他的宫殿和宾客。他打算重建巴别塔①，废除上帝。

安东远远就在他的前额看出他全部的思想。跟着思想钻了进去，他变成了尼布甲尼撒。

他尽兴了，毁足了，立即想望在卑下之中翻滚。其实，人们所畏惧的沉沦，不仅对于他们的精神是一种凌辱，正也是一种震慑他们的方式；天下最微贱的莫过于走兽，所以安东在桌面爬着，公牛似的吼着。

他觉得手心发痛，——一颗石子凑巧碰伤了他，——他依旧在他的茅庐前面。

石坪是空的。星星照耀着。一切是静静的。

---

① 巴别塔：依据《旧约·创世记》第十一章，挪亚的儿子们“往东边迁移的时候，在示拿地遇见一片平原，就住在那里。他们彼此商量说：‘来吧！我们要作砖，把砖烧透了。’他们就拿砖当石头，又拿石漆当灰泥。他们说：‘来吧！我们要建造一座城和一座塔，塔顶通天，为要传扬我们的名，免得我们分散在全地上’”。上述引文中的城就是巴比伦，塔就是巴别塔。

——我又上了一回当！为什么这样子？由于肤肉的叛离。啊！浑账东西！

他冲进茅庐，取出一捆末梢镶着铁爪的绳索，一直裸到腰围，仰头望着天：

——接受我的忏悔，噢，我的上帝！不要因为忏悔的力量薄弱不屑一顾。往厉害里收拾。往长里收拾，越凶越好！是时候了！整治好了！

他用力抽打自己。

——呵噫！不！不！不要心疼！

他重新开始。

——噢！噢！噢！鞭鞭撕着我的皮，割着我的四肢。我好不烧痛！

——哎！不厉害！我会惯了的。我简直觉得……

安东停住手。

——抽吧，懦夫！抽吧！好！好！照准了胳膊，照准了脊背，照准了胸口，照准了肚子，照准了全身！来吧，皮鞭子，咬烂我，抓拦我！我倒愿我的血滴一直激上星星，我的骨头喀嚓断掉，我的脑皮揭开！钳子、老虎凳、熔了的铅！殉教者受的罪还要多！不对吗，阿娟娜芮亚？

魔鬼犄角的影子又露出来。

——我原该捆在靠近你的柱子，脸对脸，就着你的眼睛，用我的叹息回答你的号啕；我们的痛苦就会合成一个，我们的灵魂就会搅在一起。

他疯了一样抽打自己。

——瞧！瞧！为了你！再来一下子！……可是如今我全身都在发痒。毫不痛苦！好不快活！就像亲嘴。我的骨髓溶了！我死了！

他看见迎面来了三个绿袍武士，骑着山驴，手里拿着百合花，容貌全都相仿。

安东转回身，看见另外三个相似的武士，骑着同样的山驴，都是同一的姿势。

他往后退。于是山驴同时迈前一步，伸出头，脸蹭着他，打算咬他的衣服。好些声音喊道："这边，这边，就是这儿！"山豁显出好些旗帜，挽红丝络的骆驼头，驮行李的骡子，和蒙黄面网的妇女，跨着黑白相间的马匹。

牲口喘着气，卧下来；奴隶们奔向包裹，摊开颜色斑驳的地毯，就地陈列下若干亮煌煌的东西。

一只披着金纱的白象，摇摆着拴在额头的一捧鸵鸟羽毛，奔驰下来。

一个女人衣着华丽，光彩四溢，交起腿，眼帘半掩，摇晃着头，坐在白象背上的蓝毛垫子中间。群众放倒身子，白象曲起膝盖，沿着它的颈项，

示巴女王

溜到地毯，向圣安东走来。

她的金线锦袍齐齐整整缀着珍珠、黑玉和蓝宝石的缕带，另外

还有一件窄小背心紧紧束着她的腰身，上面用凸起的各种颜色代表黄道十二宫。她蹬着一双高跟云鞋，一只是黑的，撒着银的星星，挂着一牙新月，另一只是白的，布满金的小点，中间拥着一轮太阳。

她的小小的圆臂裸露在装点着碧玉鸟羽的宽袖筒外面，手腕戴着一副乌木镯子，手指戴着戒指，指甲尖尖，差不多像针。

一条扁平的金链绕过她的下颌，盘上她的两颐，螺旋似的围住她扑着蓝粉的头发，随后，重新下来，拂过她的两肩，用一只钻石蝎子结在她的胸口，蝎子的舌头伸在她的两乳之间。耳朵坠着两颗大金黄珍珠。眼帘的边沿涂成黑色。她的左腮有一颗生成的棕斑。她张开嘴呼吸，仿佛她的背心太紧。

她向前走动，摇着一把周遭坠着镀银铃铛的象牙柄绿伞；十二个头发卷卷的小黑人捧着她袍子的长后摆，另外有一只猴子握住后摆的尖梢，不时往上举举。

她开口道：

——呵！好看的隐士！好看的隐士！我的心瘫了！

——我因为心急，脚后跟顿出腿子来了，我的指甲也折了一个！我打发牧羊人站在山顶，手张在眼前瞭望，我打发猎人到树林里头呼唤你的名字，我打发探子上路询问每个行人："你看见他没有？"

——夜晚，我哭着，把脸转向宫墙。我的眼泪流来流去，把砌画流成了两个窟窿，好像石头里面囤积的海水，因为我爱你！噢！

对了！非常爱你！

她握住他的胡须。

——笑呀，好看的隐士！笑笑吧！你看，我高兴极了！我弹着里拉琴①，我像蜜蜂一样跳舞，我有一大堆故事讲，一个比一个好玩。

——你想不出我们跋涉的路程有多遥远。看呀，绿袍信使的山驴全累死了！

山驴倒在地上不动。

——足有三个月，不息不止，它们跑着，口里噙着一块石头挡风，尾巴总是挺直，膝头总是弯着，总是奔着，奔着。这样的牲口不要再想寻见！它们是我的外祖：萨哈芮皇帝、伊亚克沙布的儿子、伊亚辣布的孙子、喀斯唐的曾孙，送给我的！要是它们还活着的话，我们驾上驮轿，也好快些回家！不过……怎么了？……你在想什么？

她端详他。

——啊！你做了我丈夫，我会为你穿衣服，为你揩香东西，为你剔头发。

安东动也不动，死人一样惨白，比一根桩子还要僵硬。

——你一副忧愁的样子；难道是丢舍不下你的茅庐？我哪，为了你全能丢掉，——甚至于所罗门王，他可有的是聪明，还有两万战车和一把好看的胡须！我给你带来我的嫁妆，挑好了。

---

① 里拉琴：古希腊的一种竖琴。——编者

她走在奴隶和货物行列之间。

——这是基尼列[①]的香膏，嘉德放海岬[②]的乳香，还有香脂、肉桂和调汤的席芙穆[③]。这里头有亚述[④]的绣货、恒河的象牙、以利沙[⑤]的紫靛；这只雪罐里盛着一羊皮袋的沙里崩[⑥]，它是为亚述帝王贮留的酒，——要酒味醇洁，用独角马[⑦]的角啜饮。那里是项圈、别针、发网、伞、巴萨[⑧]的金粉，塔尔特苏司[⑨]的锡，潘狄奥[⑩]的蓝木，伊司道尼[⑪]的白皮，巴莱西孟德[⑫]岛的红宝石，用塔沙思[⑬]——地下发现的绝种的走兽——的毛做成的牙签。这些垫子是

---

① 基尼列：巴勒士登北部的大湖，亦称加利利海或提彼利亚湖，约旦河南来灌入，又向北流出。又，湖西北一新月形地带，田产丰饶，也叫基尼列。

② 嘉德放海岬：待考（即今非洲最东端索马里半岛的非洲之角，称为瓜达富伊角——编者）。

③ 席芙穆：古代昔兰尼克（非洲北部埃及以西临海一带）出产的一种阿魏属植物，现已灭绝，汁液可作药品调料。

④ 亚述：亚述国最初的首都，在尼尼微之南六十英里，底格里斯河的南岸上。依据《旧约·创世记》第十章，亚述是闪的儿子，创建亚述王国于米所波大米亚（即美索不达米亚——编者），最盛时期括有亚细亚西部与非洲若干地土，亡于巴比伦。

⑤ 以利沙：《旧约·以西结书》第二十七章，哀悼推罗城道：“你居住海口，是众民的商埠；你的交易通到许多海岛……你的凉棚是用以利沙岛的蓝色紫色布作的。”以利沙岛或即邻近希腊的群岛，出产蓝靛紫靛。

⑥ 沙里崩：叙利亚的城邑，产酒著称，即用以名酒。

⑦ 独角马：神话里的奇兽，罗马生物学家浦黎以为是马身、鹿头、象脚、野猪尾巴，前额中央一根二尺长的黑犄角。性情非常狂野，但是看见童贞姑娘就驯顺了。

⑧ 巴萨：疑即巴珊，约旦河以东之平原，介于两山之间，土质肥沃，尽是岩石粉屑。

⑨ 塔尔特苏司：西班牙昂达鲁西的南部。

⑩ 潘狄奥：印度的南部。

⑪ 伊司道尼：西古提人沿里海所有的土地。

⑫ 巴莱西孟德：锡兰岛的古名。

⑬ 塔沙思：见于《旧约·出埃及记》的一种动物，犹太人拿它的皮来装饰神龛。

艾马司[①]的出品，这些大衣的流苏是巴米尔[②]的出品。在这巴比伦[③]的毯子上面，有……可是你来呀！来呀！

她揪圣安东的袖管，他抗拒着。她继续道：

——这薄薄的衣料，握在手心，火星子一样在响，它是巴克屯阿[④]的商人带来的有名的黄布。他们一路要四十三个通译。我拿这种衣料给你做袍子，将来你好在家穿。

——打开枫木匣的钩子，把我象脖子上的象牙盒子给我！

有人从一只盒子取出一个蒙着纱的圆东西，有人捧上一只雕金的小箱。

——你要不要那盖金字塔的蒋·邦·蒋[⑤]的盾牌？这儿就是！七张龙皮做成的，一张压一张，用钻石的螺栓连在一起，在弑君者的胆汁里面浸泡过。这一面绘着武器发明以来所有的战争，另一面绘着直到世纪末日将要发生的战争。闪电打在上面，像软木球一样跳开。我把这挂在你的胳膊上面，将来你打猎好带着它。

——可是你再也想不到我小盒子里头有什么东西！转转看，想

---

① 艾马司：叙利亚的城邑，在阿伦底司江中游。

② 巴米尔（又译巴尔米拉——编者）：即达莫，叙利亚的古城，在大马色（即大马士革——编者）东北，为通米所波大米亚要道，毁于罗马。《旧约·历代志下》第八章第四节：“所罗门建造旷野里的达莫”。

③ 巴比伦：参阅本章注释“巴别塔”，巴比伦是巴别的希腊写法，迦勒底和巴比伦帝国的首都，跨有伯拉（今译幼发拉底）河的两岸。城为方形，大小计二百平方英里。两道城墙，上有塔二五〇座，铜门一百扇。

④ 巴克屯阿：古代亚细亚的一国，介乎波斯与土耳其斯坦之间。

⑤ 蒋·邦·蒋：古代埃及传说中的英雄，相传金字塔由他一手兴建。

法子把它打开！没有一个人打得开；亲亲我；我就说给你听。

她捧住圣安东的两颊；他伸直胳膊把她推开。

——有一夜晚，所罗门发昏章第十一，终于和我商量了一桩交易。他站起来，潜手蹑脚走出去……

她打了一个转身。

——啊！啊！好看的隐士！你再也不会知道！你再也不会知道！

她摇着她的伞，伞上的小铃全响起来。

——我还有许多别的东西，可不是！我有好些宝物，关在画廊，人走进去，和在树林一样迷失方向。夏天我有苇帘的行宫，冬天我有黑大理石的行宫。在海一样大的湖中心，我有银币一样圆的岛屿，铺满贝珠，每逢热浪卷上沙滩，岸边有音乐喧响。我的厨役在我的鸟笼捕鸟，在我的鱼盆钓鱼。我有好些雕刻家经久不息地在坚石上面为我凿像，好些冶工喘吁着为我铸像，好些弄香料的人拿植物的汁液调在醋里面做香饼。我有好些女裁缝为我剪衣料，好些金银匠为我嵌镶珠宝，好些梳头女人为我挑选头饰，好些细心的画师为我向板壁浇灌沸滚的树脂，随后再用扇子扇凉。我的侍婢足可以充作一座穆斯林的后宫，宦官可以做成一支军队。我有的是军队，我有的是臣民！我的过道有一队侏儒禁卫，象牙喇叭搭在后背。

安东呻吟。

——我有驾羚羊的车辆，有象的驷乘，有千百成双的骆驼，还有良种牝马，每逢奔驰，蹄子就陷在长长的鬣毛里面，还有成群牛羊，犄角太大，踏进牧场，当前的树木必须斫掉。我有长颈鹿在我的花园里散步，饭后我出来纳凉，它们把头伸进我屋子的檐口。

——我坐在一个海豚拖着的蚌壳里面，在穴洞谛听钟乳水的滴落。我来到钻石的国度，我的方士朋友由着我挑选最美的钻石；随后我重新上到地面，回到我的宫掖。

她发出一声尖锐的呼哨，天空落下一只大鸟，站在她的头发上，弄掉上面的蓝粉。

橘色的羽翼好像金鳞做成。它的小头配着一个银冠子，却是张人脸。四个翅膀，秃鹫爪子，一个孔雀的巨尾在后面团团打开。

它用嘴噙住女王的伞，晃了几晃站定了，随即竖起全身羽毛，一动不动。

——多谢，美丽的西冒尔·昂嘉[①]！是你告诉我情人藏在什么地方！多谢！多谢！我的心的使者！

——它和欲望一样飞翔。一天绕遍世界。夜晚回来了，站在我的床前，给我讲它看见了些什么：在它底下流逝的有鱼和船的海洋，从九霄望去空旷的大沙漠，田野里歪歪斜斜的所有农植，和荒城废邑的墙头的乱草。

她扭动她的胳膊，委顿的模样。

——噢！只要你愿意，只要你愿意！……我有一所别馆，介乎

① 西冒尔·昂嘉：波斯神话中硕大的善鸟。

两座大洋，在一道地峡中央海角上面。方玻璃嵌成的围墙，龟甲铺成的地板，迎受四野的天风。我在高处看见我的军舰回港，肩荷着东西的臣民爬上丘陵。我们将要睡在比云更柔的羽绒上，我们将要用果皮来喝冷的饮料，我们将要隔着碧玉瞭望太阳！来呀！……

安东后退。她拢近，带着一种激恼的声调：

——怎么？阔绰也不成？娇媚也不成？多情也不成？你要的不是这路女人，嗯？难道是要淫荡的、肥胖的，一个嘎嗓子、火颜色头发、一身肿肉的女人？你倒喜欢蛇皮一样冷的身子，或者比神秘的洞穴还要深沉的大黑眼睛？看呀，我的眼睛！

安东不由自主，看着它们。

——所有你遇见的女人，灯下歌唱的街头妓女，坐在舆轿拂着玫瑰的贵妇，所有你邂逅的形体，所有你欲望的想象，你要好了！我不是一个女人，我是一个世界。我的衣服只要一脱，你就会在我的身上发现成串的秘密！

安东咬牙响。

——你只要把手指放在我的肩膀上面，你的血管就像曳着一道火。沾着我身体一点点地方，你的喜悦会比征服了一个帝国还要热狂。来呀你的嘴唇！我的吻有一种果子的味道，溶进你的心里！啊！你要怎样在我的头发下面失迷，吸吮我的胸脯，对着我的四肢发呆，于是我的瞳孔烧着，我的胳膊搂着，天旋地转……

安东画了一个十字。

——你侮蔑我！再会好了！

她哭着走开，随即转回身道：

——你真就打定了主意？一个这样美的女人！

她笑了，捧着她下摆的猴子举高袍子。

——你要后悔的，好看的隐士，你要叹气的！你要无聊的！可是我全不在乎！拉！拉！拉！噢！噢！噢！

脸藏在手心，一只脚跳着，她走了。

奴隶们当着圣安东排好了：马、单峰骆驼、象、侍婢、骡子（重新驮上东西），小黑人和绿袍信使，握着折了的百合花；示巴女王走远了，发出一种抽搐的噎嗝，像呜咽，又像冷笑。

三

等她不见了，安东瞥见一个小孩子在茅庐的门限。他心想：

——这是服侍女王的一个什么人罢。

这孩子矮小犹如一个侏儒，然而短粗好似一个喀毕尔[①]，形体丑陋，容貌寒苦。头异常硕大，白头发；穿一件破烂的小袄，握着一卷纸，直打冷战。

月光穿过浮云，照着他。

安东

远远细看他，怕了起来。

——你是谁？

孩子

答道：

——你往年的弟子伊拉芮影！

安东

——你扯谎！伊拉芮影在巴勒士登住了好些年了。

伊拉芮影

——我从那里回来了！的确是我！

安东

凑近端详。

——不过他的脸晨阳一样明亮、直爽、愉快。你这张脸只是阴沉、衰老。

伊拉芮影

——多年辛劳把我毁到这般地步!

安东

——声音也不同了。调子怪刺人耳朵的。

伊拉芮影

——因为我吃的是苦东西!

安东

——头发又怎么白了呢?

伊拉芮影

——我的苦恼那么多!

安东

自语:

——天下会有这种事?……

伊拉芮影

---

① 喀毕尔(又译众卡比洛斯,传说中的一组七个地下冥神——编者):火神,来自近东,仅仅希腊人供奉,特别在撒摩特拉基(即萨莫色雷斯——编者)等小岛。

——我并不像你想的那么遥远。今年晒巴月[1]，保罗[2]隐士来看望过你。土人上次给你送面包，到如今正好是二十天。前天，你告诉一个水手，设法给你弄三个锥子来。

安东

——他全知道！

伊拉芮影

——你知道，我从来没有离开过你。你不过长期没有看见我罢了。

安东

——这怎么会？可也是真的，我的头脑十分昏乱！特别是今天夜晚……

伊拉芮影

——大业障全来过。可是碰着你这样一位圣者，它们无聊的诡计也就粉碎了。

安东

——噢！不！……不！我时时刻刻软弱下来！有些人精神坚定，心灵永久不屈不挠。例如伟大的阿塔纳斯，——我能够像他就好了。

伊拉芮影

——他是七位主教违法任命的。

---

① 晒巴月（又译细罢特月——编者）：迦勒底和犹太年历的十一月（相当于公历一二月之间——编者）。

② 保罗：戴巴伊德的隐士，二五〇年来到这里逃避迫害，活到九十八岁。

安东

——有什么关系？只要他的品德……

伊拉芮影

——得了！高傲、暴虐，永远诡计多端，最后叫人流放出去，罪名是垄断居奇。

安东

——诽谤！

伊拉芮影

——你也好否认他有意贿赂尤斯塔特[①]司库？

安东

——据说是真的；我承认好了。

伊拉芮影

——他为了报复，烧掉阿尔塞[②]的房子！

安东

——嗐！

伊拉芮影

——在尼塞大会，他把耶稣说成“主的仆人”。

安东

——啊！这话的确亵渎！

---

① 尤斯塔特：待考。

② 阿尔塞：三五〇年生于罗马，先在宫廷担任太子的讲席，其后隐居戴巴伊德，死于四四五年。

伊拉芮影

——而且见解也太有限了，他承认自己完全不懂“外尔布”[①]的性质。

安东

喜而微笑：

——说实话，他的悟性不很……高。

伊拉芮影

——要是把你放在他的位置，对于你和你的教友倒都是一种大大的幸福。这种离群索居的生涯并不好。

安东

——正相反！既属精灵，人就应当回避红尘。一切动作使人堕落。我倒愿意不沾地——甚至于脚底也如是！

伊拉芮影

——伪君子！你陷在寂寞之中，为的是更好纵欲！你摒弃酒、

---

① 外尔布：拉丁的外尔布 verbum 一字同于古希腊的老高斯（今多译逻各斯——编者）logos 一字。中文《新约·约翰福音》借老子“道可道，非常道”译成“道”。柏拉图的哲学用它表示智慧和语言，象征观念之神的存在。《约翰福音》借用这个字代替耶稣，以为耶稣即是“道成了肉身，住在我们中间”，而道者“太初有道，道与神同在，道就是神”，于是加上圣灵，基督教的“外尔布”就成了三位一体（上帝、耶稣与圣灵）的第二位。三二五年尼塞大会，有一信经道：“我信独一上帝，全能之父；我信独一主耶稣，为上帝独生子，在万世之先，由父而生，受生而非受造，与父一体；我信圣灵，由父子而出，与父子同受钦崇，同受颂美。”（《官话圣经备典》）又，《官话圣经备典》解释道：“……始觉上帝为三，就是抚育的为父，救赎的为子，赐生的为灵，实在为三大利益；再想到抚育的，救赎的，赐生的，实为一不是为三……”

肉、浴室、奴仆和荣誉；可是你放任你的想象贡献给你宴席、香料、赤身的妇女和喝彩的群众！你的节操只是一种更加微妙的腐败，厌恶人世只是对于它憎恨的无力！这就是为什么你的同类全那样阴沉，否则也许由于缺少信心。真理的具有该令人喜悦。耶稣可曾忧郁？他和朋友结伴而行，在橄榄树的阴凉休息，走进税吏家，一碗一碗地喝酒，饶恕有罪的女人，治疗一切病苦。你哪，你只可怜你的忧患，好像带着一颗杌陧的疚心和一种犷野的疯癫，你甚而拒绝一只狗的殷勤或者一个小孩子的微笑。

安东

呜咽上来：

——够了！够了！你太伤我的心！

伊拉芮影

——抖掉你破布烂衫上的虱子！从你的粪堆里站起来！你的上帝不是一个要用肉来祭的摩洛①！

安东

——不过上天福佑苦难。噻璐咱②俯身接受忏悔者的血。

---

① 摩洛：巴勒士登亚扪人崇拜的偶像，牛头，上面戴着一个王冠。像与像座全是铜的，空心，可以从中燃烧。通常祭祀多用幼童，投到火里面烧死。

② 噻璐咱：类似天使，却又不是。依据《旧约》，有种种作用：第一是上帝降临的表彰，第二是背负上帝的活物，第三是防守圣地生命树的活物。《以西结书》第十章说："噻璐咱各有四脸，第一是噻璐咱的脸，第二是人的脸，第三是狮子的脸，第四是鹰的脸。……我就知道他们是噻璐咱，各有四个脸面，四个翅膀，翅膀以下有人手的样式。"

伊拉芮影

——你倒不如羡慕孟塔鲁斯[①]的信徒！他们最最吃苦。

安东

——不过引人殉教的是教义的真理！

伊拉芮影

——既然殉教同时表示教义的错误，如何能够证明教义的优越?

安东

——闭住嘴，坏东西！

伊拉芮影

——这也许不怎么困难。朋友的劝勉，侮蔑老百姓的快感，原先立的誓，某种晕眩，成千成万的机宜帮他们走上这条路。

安东离开伊拉芮影。伊拉芮影随住他。

——再说，这种死法惹大乱子。带尼[②]，席浦连[③]和格逎格瓦[④]

---

① 孟塔鲁斯：弗吕嘉（又译弗里吉亚，土耳其中西部地区——编者）人，西拜勒（又译西布莉或库柏勒，古代小亚细亚人崇拜的自然女神——编者）的教士，一六〇年左右改奉基督教，自创一派。自命是耶稣的使者，他宣扬末日和最后审判就要降临。教皇把他逐出教门，但是，得到泰尔屠连（拉丁教会方面的大学者——编者）的援引，颇得一般人士信仰。

② 带尼：亚力山太的主教，二五〇年基督教徒遭受迫害，他隐匿起来，其后被罗马皇帝法莱芮烟（即瓦莱里安，二五三到二六〇年在位的罗马帝国皇帝——编者）流放。

③ 席浦连：迦太基的主教，二五〇年基督教徒遭受迫害，他隐匿他处，次年归来，但终于二五八年被人杀掉。

④ 格逎格瓦：受业于奥芮金，改奉基督教，被推为本都新该撒力亚城的主教，参加安提阿主教大会，他逃脱二五〇年的迫害，死于二七〇年左右。

就不这样做。亚力山太的彼得[①]不以为然，艾勒维[②]大会……

安东

堵住耳朵。

——我不要听下去了！

伊拉芮影

提高声音：

——看，你又陷入你的恶习：慵懒。愚昧是高傲的沫子。你讲："我信定了，何必辩论？"于是你厌恶司铎、学者、传统，甚至于你不知道的圣戒。你真就以为你把握住了智慧？

安东

——我听见他讲话。他的喧杂的语言装满我的脑壳。

伊拉芮影

——你以苦修感动上帝，大不如尽力于瞭解上帝。渴求真理是我们仅有的功勋。宗教本身解释不了一切；你无所省识的问题的解决可以让给更高明、更不可攻讦的人。所以，一个人为了自己的永福，必须和他的教友来往，——否则教堂，所谓信徒的集会，只是一句空话，——必须聆取所有的理由，不蔑视任何事、

---

① 亚力山太的彼得：亚力山太的主教，劝告被迫害的基督教徒用钱赎命，三一二年殉教。

② 艾勒维（即埃尔韦拉——编者）：西班牙的城市，即今日的格拉纳达，三〇〇年的主教大会在此举行，斥责藉机殉教的人士。

任何人。巴兰①巫士、诗人艾斯基勒②和库穆司③的女巫都曾经宣示救世主。亚力山太的带尼奉到天谕诵读所有的书籍。圣克莱芒④吩咐我们研究希腊文学。海尔玛斯⑤因为一个他爱过的女子的憧憬皈依宗教。

安东

——多有权威的模样！我觉得你长高了……

说实话，伊拉芮影的身体逐渐高了起来；安东，为了不再看他，把眼睛闭住。

伊拉芮影

——放心，好隐士！

——让我们坐到那边大石头上，——犹如当年，天才破晓，我向你致敬，把你称作“光明的晨星”；接着你开始教导我。学问没

---

① 巴兰：摩西率领以色列人侵掠巴勒士登，将到摩押，摩押王大恐，遣使聘请比珥的儿子巴兰，前往诅咒以色列人，然而他却奉上帝之命四次加以赐福。参阅《旧约·民数记》第二十二至二十四章。

② 艾斯基勒（即埃斯库罗斯——编者）：希腊悲剧之父，为希腊三大悲剧家之一。他的戏剧富有宗教气息，完全承受传统的神话。

③ 库穆司（即库迈——编者）：在意大利南部刚巴尼亚（即坎帕尼亚——编者）省，拿波里（即那不勒斯——编者）的西北。靠城有一座小山，上面是一片神圣的树林，山脚有一座洞，里面住着一个著名的女巫，叫做戴伊佛拜，曾向艾奈（即埃涅阿斯——编者）预言命运及入地狱方法，见于《艾奈伊德》（即《埃涅阿斯纪》——编者）第六卷。

④ 圣克莱芒：基督教最早的大学者，一五〇年生于亚力山太，死于二一五年。在他三部主要著作里面，有一部是《劝告希腊人》，指出希腊宗教的腐恶，不过他也承认希腊哲学和异教的好处。

⑤ 海尔玛斯：基督教早年的一个学者，著有《牧人》一书。他所爱的女子叫做罗玳。

有底。月亮照着我们就够亮的。我听你讲。

他从腰带抽出一根喀拉穆[1]，于是就地盘起腿，握住一卷巴皮鲁司，仰起头来望着圣安东。后者坐在一旁，低下前额。

沉默了一时，伊拉芮影继续道：

——上帝的语言不有灵迹为我们证实吗？然而法老的巫士制造灵迹；别的骗子也可以制造；人一来就上当。那么，灵迹又是什么？一件我们以为超乎自然的事变。不过我们认识它所有的力量吗？一件我们通常不以为奇的事，难道我们真就瞭解吗？

安东

——有什么要紧！我们必须相信《圣经》！

伊拉芮影

——圣保罗[2]、奥芮金[3]，还有许多人，并不一字一句全懂；然而如若用比喻来解释，变成少数人的所有物，真理的明确性就又消逝了。如何是好？

安东

——凭信教会好了！

---

① 喀拉穆：古人写字的一种芦苇笔。

② 圣保罗：耶稣的伟大信徒，最初反对基督教，于纪元后三五年，亲往大马色擒拿耶稣的使徒，半路失了明，耶稣显灵治好他的眼睛，从此信奉基督教，力事宣扬，六七年在罗马殉教。

③ 奥芮金：圣克莱芒的弟子，名誉更在他的师傅之上。一八五年生于亚力山太，父亲于二〇二年殉教，从十八岁起他就教书为生。为了避免诱惑，他割去他的阳势。他喜欢用寓言解释《圣经》。二五〇年，基督教徒大遭迫害，他被捕下狱，极受苛待，其后幸蒙释出，不久死于推罗。

伊拉芮影

——那么，《圣经》没有用？

安东

——不然！虽说《旧约》，我承认，有……些含混……不过《新约》，放出一道纯洁的明光。

伊拉芮影

——可是，报喜的天使，在《马太福音》里面，显给约瑟，到了《路加福音》里面，又是马利亚[①]。一个女人为耶稣敷油，依照第一部《福音》在他公共生活开始的时候，依照其余三部，在他死前不久[②]。在十字架上，人家献给他的饮料，《马太福音》是醋和苦胆，《马可福音》是酒和没药。按照《路加》和《马太》，使徒不应当带钱带口袋，甚至于鞋和拐杖；临到《马可》，正相反，耶稣只许携带鞋和拐杖[③]。我简直弄不清楚……

---

① 约瑟和马利亚：耶稣的父母。《马太福音》记载："他母亲马利亚已经许配了约瑟，还没有迎娶，马利亚就从圣灵怀了孕。她丈夫是个义人，不愿意明明地羞辱她，想要暗暗地把她休了。正思念这事的时候，有主的使者向他梦中显现，说：'大卫的子孙约瑟，不要怕！只管娶过你的妻子马利亚来……'"《路加福音》记载："到了第六个月，天使加百利奉上帝的差遣……到一个童女那里，是已经许配大卫家的一个人名叫约瑟，童女的名字叫马利亚。天使进去，对她说：'蒙大恩的女子，我问你安，主和你同在了！'"

② 一个女人：第一部指《路加福音》，见于第七章；其余三部指《马太福音》、《马可福音》和《约翰福音》，分别见于第二十六章、第十四章与第十二章。

③ 鞋和拐杖：耶稣差遣门徒传道，路上"不要带食物和口袋，腰袋里也不要带钱，除了拐杖以外，什么都不要带，只要穿鞋，也不要穿两件褂子。"见于《马可》第六章。《路加》第九章和《马太》第十章又是另一种说法。

安东

从未想到：

——说实话……说实话……

伊拉芮影

——碰到一个患血漏的女人[①]，耶稣回转身问道："谁摸我的衣裳？"那么，他不知道谁摸他？耶稣无所不知，恰好矛盾。假如坟有兵士看守[②]，妇女们用不着急急寻找帮手，掀开坟上的石头。可见没有兵士，要不然就是虔诚的妇女们不在这里。在以马忤斯[③]，他和门徒一同吃饭，叫他们摸他的伤口。一个人身子，一个可以秤的物体，然而穿过墙壁。这可能吗？

---

① 患血漏的女人：《马可福音》第五章记载："有一个女人，患了十二年的血漏，在好些医生手里受了许多的苦，又花尽了她所有的，一点也不见好，病势反倒更重了。她听见耶稣的事，就从后头来，杂在众人中间，摸耶稣的衣裳；意思说：'我只摸他的衣裳，就必痊愈。'于是她血漏的源头立刻干了，她便觉得身上的灾病好了。耶稣登时心里觉得有能力从自己身上出去，就在众人中间转过来，说：'谁摸我的衣裳？'"参阅《路加福音》第八章。

② 坟有兵士看守：《马太福音》第二十七章第六十六节："他们（祭司长和法利赛人）就带着看守的兵同去，封了石头，将坟墓把守妥当。"

③ 以马忤斯：《路加福音》第二十四章记载："正当那日（耶稣复活），门徒中有两个人往一个村子去；这村子名叫以马忤斯，离耶路撒冷约有二十五里。……正讨论相问的时候，耶稣亲自就近他们，和他们同行；只是他们的眼睛迷糊了，不认识他。……到了坐席的时候，耶稣拿起饼来，祝谢了，掰开，递给他们。他们的眼睛明亮了，这才认出他来；忽然耶稣不见了。"又，《约翰福音》第二十章记载："多马却说：'我非看见他手上的钉痕，用指头探入那钉痕，又用手探入他的肋旁，我总不信。'过了八日，门徒又在屋里，多马也和他们同在，门都关了。耶稣来站在当中说：'愿你们平安；'就对多马说：'伸过你的指头来，摸我的手；伸出你的手来，探入我的肋旁。不要疑惑，总要信。"

安东

——回答你要花很长的时间！

伊拉芮影

——他既然是圣子，何必接受圣灵？他假如是“外尔布”，何所用其洗礼？魔鬼怎么能够引诱他，他，上帝？

——你就从来没有想到这些问题吗？

安东

——是呀！……时常想到！潜伏也好，怒发也好，它们停在我的意识里。我压抑它们，它们重新起来把我堵住，我有时候以为我受了诅咒。

伊拉芮影

——那么，除去服侍上帝，你真就无事可为？

安东

——我时时需要膜拜上帝！

长长沉默了一阵，

伊拉芮影

继续道：

——然而在教义之外，我们有自由探讨一切。你想知道天使的品级，数的价值，胚芽和变化的道理吗？

安东

——是呀！是呀！我的思想直想挣出它的牢狱。我觉得聚起我的力量，我会成功的。有时候甚至于，也就是电光一闪的工夫，我

Giriaud

好像悬在半空，随即摔了下来。

伊拉芮影

——你想望的机密只有贤人知道。他们住在一个辽远的国度，坐在大树底下，穿着白衣服，神一样静谧。一种温煦的空气滋养他们。周围草地走着好些豹子。泉水的呢喃、独角马的嘶鸣，和他们的声音混成一片。你会听见的；“不识者”的面目会显露的！

安东

呻吟：

——路太长，我也老了！

伊拉芮影

——噢！噢！饱学之士并不少！你身边就有；这里！——我们进去好了！

四

于是安东看见当前一座绝大的教堂。

光从后方射来，神奇犹如一个复色的太阳，照亮无数的人头。人群挤满教堂中心，然后沿着柱子，涌向偏后的侧殿。在这些木板小间里面，可以看见祭坛、榻、碧玉小链和画在墙上的星座。

在群众中间，这里，那里，聚了好些人，站在一起。有些人手指向上，站在小凳上面讲演；有些人胳膊交成十字祈祷，卧在地上，唱赞美诗，或者喝酒；有些信徒围着一张桌子举行爱筵①，有些殉教者露出四肢，指点他们的伤痕；有些老年人拄着手杖，谈说他们的旅行。

有的来自日耳曼人②的国度，有的来自特拉基③和高卢④，西古提和印度，胡须沾着雪，头发插着羽毛，衣服的流苏带着荆棘，云鞋让尘土弄黑了，皮肤也让太阳晒焦了，紫红大衣，麻布长袍，绣花祭服，竖毛战衣，水手小帽，主教法冠，形形色色的服装混在一起。他们的眼睛电光一般异常。他们的神气仿佛刽子手或者宦官。

伊拉芮影走在他们当中。全向他致敬。安东靠紧他的肩膀，观察他们。他发现许多妇女。若干妇女头发剪平，穿着和男子一样；

他怕了起来。

伊拉芮影

——她们是劝服丈夫皈依基督教的妇女。其实妇女永远拥戴耶稣，就是崇拜偶像的妇女也一样，例如彼拉多的夫人浦罗库娜⑤，尼罗的姘头包拜⑥。不必害怕！往前去！

不断有人来到。

一时增多，一时分开，他们影子一样轻，同时发出一团喧嚣的声音，杂有忿怒的吼号、爱情的呼唤、颂扬和谩骂。

安东

低声：

——他们要什么？

---

① 爱筵：使徒效法耶稣最后一夜逾越节的宴会，立晚餐规矩，与圣餐大义，合而成一爱筵，不过没有能够普遍推行，或用或废，成为济贫之举了。所以叫做爱筵的，为耶稣在最后一夜曾云："我与尔一新命令，即彼此相爱。"所以使徒同食，即名爱筵。按爱筵原文系一希腊字，含有"爱"的意义。

② 日耳曼人：散居北欧德意志一带，与希腊拉丁同种，而文化稍晚，纪元后九世纪建立日耳曼王国，迄十一世纪初叶始亡。

③ 特拉基（即色雷斯——编者）：古时属希腊统治，在马其顿以东，黑海以西。

④ 高卢：通常分为两地，一在阿尔卑斯山之南，意大利北部，一在阿尔卑斯山之北，法兰西一带。居民性勇好战，纪元前五〇年，为恺撒征服，分做四省。

⑤ 彼拉多的夫人浦罗库娜：《马太福音》第二十七章记载："到了早晨，众祭司长和民间的长老，大家商议要治死耶稣，就把他捆绑解去交给巡抚彼拉多。……巡抚原知道，他们是因为嫉妒才把他解了来。正坐堂的时候，他的夫人打发人来说：'这义人的事，你一点不可管，因为我今天在梦中，为他受了许多的苦。'"

⑥ 尼罗的姘头包拜：尼罗（即尼禄——编者）是纪元后五四到六八年的罗马皇帝，荒淫无道，包拜原是别人的妻子，夺为己有，纪元后六五年，又一怒把她踢死。

伊拉芮影

——主说："我还有好些事要告诉你们。"[①]他们懂这些事。

他把他推向一个金座，有五层台阶，围着九十五位门徒，全涂着油，又瘦又肤色惨白，——上面坐着先知摩尼，天使长一样美，雕像一样静穆，披着一件印度袍子，头发梳成辫子，中间有红宝石，左手一本有画的书，右手下面一颗地球仪。画上是浑沌之中睡眼蒙眬的禽兽。安东斜过身子看。随即

摩尼

转动他的地球仪；依着一个声音铿锵的里拉琴，调整他的词句：

——天界在最高的一端，人界在最低的一端，两个天使扶持，六个面孔的司普朗笛特囊斯和奥冒否尔[②]。

——在天顶最高的地方，住着一尘不染的上帝；下面，面对面，是上帝的儿子和黑暗的君王。

——黑暗逼近他的王国，上帝由本体提出一种德能，形成元人！以五种质素加以包围。然而黑暗的魔鬼窃去了他一部分，这一部分就是灵魂。

——这里只有一个灵魂，无所不在，仿佛一道河水分成若干支流。是它在风里面呻吟，在下锯的大理石里面轹轹作响，凭藉海声吼号；掰下无花果树的叶子。它哭出乳白的眼泪。

---

① 《新约·约翰福音》第十六章第十二节。

② 司普朗笛特囊斯和奥冒否尔：摩尼所承认的五种最高生物中的两种。

——灵魂走出这个世界，迁往有生命的星宿。

安东

笑将起来。

——哈！哈！多荒诞不经！

一个男人

没有胡须，外表严肃：

——为什么？

安东正要回答，可是伊拉芮影低低告诉他，这就是非同小可的奥芮金；同时

摩尼

继续道：

——灵魂先在月亮里面停住，洗净自己，随后升到太阳里面。

安东

纡徐地：

——我不知道有什么……拦阻我们……相信他。

摩尼

——解放囚在物里的灵光是每个生物的目的。它比较容易靠着香味、香料、焙热的香酒的馥郁和思想一样轻盈的东西逃走。然而生命的活动把它拘在里面。凶手会在一个赛莱福[1]的身体里面重生，杀死一只走兽会变成这只走兽；你要是种一棵葡萄，你将存在

① 赛莱福：阉人。

于它的枝柯之中。吸收养料。所以，节食吧！斋戒！

伊拉芮影

——你看见的，他们也节食！

摩尼

——它在肉里面就多，草里面就少。而且，纯洁之士，仰仗他们的功德，从菜蔬提取这晶莹的部分，让它升回它的故居。动物通过生殖把它囚在肉体里面。所以，回避妇女！

伊拉芮影

——羡慕他们的节欲吧！

摩尼

——要不然，最好设法叫她们不要怀孕。——灵魂宁可落在地上，也不要憔悴在肉欲的桎梏里面！

安东

——啊！多可恶！

伊拉芮影

——淫恶分成等级有什么关系？教会已经神圣化了婚姻！

萨士南①

叙利亚装梳：

——他宣扬一种凶恶的物汇的体制！天父惩罚反叛的天使，吩咐他们创造世界。基督来了，为的是犹太人的上帝，反叛的天使中

① 萨士南：二世纪安提阿的智慧学派的一个领袖，见解和巴西黎德相近。他没有离开叙利亚一步，死后门徒星散。

间的一个……

安东

——一个天使？他！造物主！

赛尔冬[①]

——他没有想杀掉摩西[②]，欺骗他的先知，诱取民族，散布谎语和偶像崇拜吗？

马尔席影[③]

——当然啦，造物主不是真正的上帝！

亚力山太的圣克莱芒

——物质永在！

巴德隆[④]

巴比伦的教士打扮：

——物质由七座行星的元神形成。

海尔米亚斯[⑤]**教侣**

——天使制造灵魂！

---

① 赛尔冬：叙利亚人，一四〇年左右，来到罗马宣扬智慧学派。他否认耶稣的人化和复活。

② 摩西：犹太国的领袖与创建者。参阅《旧约·出埃及记》、《利未记》、《民数记》与《申命记》。

③ 马尔席影：二世纪前叶生于本都，被父亲逐出家门，来到罗马，认识赛尔冬刻苦修行，自成一派，直到七世纪还有信徒存在。他承认三种上天的力量：一个是基督宣示的上帝（不是《旧约》的上帝），一个是魔鬼统治的物质，一个是犹太人的上帝、造物主。基督的生死只是一种幻象。基督即是上帝。

④ 巴德隆：一五四年生于叙利亚，起初他驳斥迦勒底人的星相论，后来反而相信了。

⑤ 海尔米亚斯：二世纪人，主张人的一切知识全都来自叛逆的天使。

浦芮席连[①]教侣

——是魔鬼制造世界！

安东

掷身向后：

——荒谬之至！

伊拉芮影

扶住他：

——你的绝望也太快！你误解了他们的教义！这里有一位承受的是圣保罗的朋友戴奥达斯[②]的教义，听听他！

于是，看见伊拉芮影的手势，

法朗旦

穿着银线道袍，尖脑壳，而且尖声音：

——世界是一个精神错乱的上帝的作品。

安东

低下头来：

——一个精神错乱的上帝的作品……

长长沉默了一阵：

——怎么会这样的？

---

① 浦芮席连：西班牙人，死于三八五年。他凭女友阿嘉拜的帮助，得到许多女信徒。他以为人的灵魂与上帝同一来源，降到地上，被魔鬼拾来附在身体上面。

② 戴奥达斯：圣保罗的弟子，法朗旦自谓得其真传。

法朗旦

——最完美的生物，最完美的“艾翁”①，“深渊”和“思想”一同停在“深邃”的胸臆。它们的结合出来“颖悟”，后者的女伴是“真理”。

——“颖悟”和“真理”生出“外尔布”和“生命”，“外尔布”和“生命”又生出“人”和“教会”；——合在一起，成为八个“艾翁”！

他用手指计算：

——“外尔布”和“生命”生出十个“艾翁”，这就是说，五对夫妇。“人”和“教会”另外生出十二个，其中有“巴辣克莱”②和“信仰”，“希望”和“慈悲”，“完美”和“智慧”，或称苏菲亚③。

——这三十个“艾翁”聚在一起，组成“浦莱罗穆”④，或者上帝的“普遍性”。所以，犹如一个远逝的音响的回声，犹如一种消散的香水的气味，犹如太阳西沉的余晖，“本原”释放的“能

---

① “艾翁”：源出希腊字，永生、永存之意，柏拉图以为永生长在者即“艾翁”，对神曰“艾翁”，对尘世曰时期。亚里士多德以为包括万物的元神就是“艾翁”。波斯教以为神祇之中最高者即“艾翁”，与太阳相近。其后智慧学派承此二说，把“艾翁”看做上帝发出的永久的力量，掺入阴阳相生之说。所以“艾翁”不止一个，或主六个，或主十三个，或主三十个，越近于原始的“艾翁”者越尊，递降者越卑。

② “巴辣克莱”：出自希腊字，意即安慰者，通常指圣灵而言。法朗旦把“巴辣克莱”看做“艾翁”之一。

③ 苏菲亚：意为神授的智慧。——编者

④ “浦莱罗穆”：意为神的全善全能。——编者

力”总是越来越弱。

——不过苏菲亚一心要认识天父，冲出“浦莱罗穆”；——于是“外尔布”又弄出一对夫妇，“基督”和“圣灵”，把所有的“艾翁”在他们中间连结起来；它们合而为一，形成耶稣，一朵“浦莱罗穆”之花。

——然而，苏菲亚逃亡的心力在空间遗下一个她的形象，一个有罪的物体：阿沙辣娼丝[1]。救主可怜她，把她从苦难救出；获释的阿沙辣娼丝的微笑生出光明；她的眼泪变成水，她的忧郁生出黑暗的物质。

——由阿沙辣娼丝出来戴缪尔吉[2]：大千世界、天和魔王的制造者。他住的地方比“浦莱罗穆”低得多，简直望不见后者，自以为是真正的上帝，藉他先知的口重复道：“只有我是上帝！”随后他制造人，往灵魂里扔进无形的种子——教会，就是“浦莱罗穆”里面另一个“教会”的反映。

——阿沙辣娼丝有一天会来到最高的地域，她将和救主结合；藏在世界的火将销毁一切物质，吞掉自己，人变成纯洁的精灵，将和天使结婚！

奥芮金

——然后魔鬼平服，上帝的统治终将开始！

没等安东喊出口，

---

① 阿沙辣娼丝：出自希伯来字，意即聪明。

② 戴缪尔吉：柏拉图的哲学把戴缪尔吉看做创造世界的神祇。

巴西黎德

立即抓住他的肘子：

——最高的“存在”和他无限的分化叫做阿布辣萨斯①，救主和他的所有的品德叫做考拉考②，或者叫做“线上加线”，“直上加直”。

——依仗某些字，人可以得到考拉考的法力。为记忆方便起见，字刻在这颗乳白玛瑙上面。

他指着颈间一颗刻着古怪线纹的小宝石。

——然后你将移到“看不见”的境界中，高居戒律之上，你会厌弃一切，甚至于道德。

——我们，纯洁之士，应当回避痛苦，拿考拉考做榜样。

安东

——怎么！十字架也回避吗？

艾嘉萨伊教侣③

穿着橙宝石道袍，回答他道：

——多谢福音光临，我祖先的忧郁、卑鄙、刑罚和压迫得以取消！

---

① 阿布辣萨斯：一种雕镂的宝石，从二世纪起，近东人带在身边，用来避邪。智慧学派用它来代表三百六十五的数目，象征最高的存在。

② 考拉考：智慧学派用语，象征基督。这句话的来源是《旧约·以赛亚书》第二十八章第十节：“他竟命上加命、令上加令、律上加律、例上加例、这里一点、那里一点。”

③ 艾嘉萨伊（又译艾波奈特——编者）教侣：一世纪末艾嘉萨伊教派的信徒。他们承认两个基督，一个属于上天，一个属于人世。

——你可以否认低下的基督、肉身的耶稣；然而必须膜拜另一个基督，在圣鸽羽翼下面以他的形体降生。

——尊敬婚姻！圣灵乃是女性！

伊拉芮影不见了；群众把安东拥近。

喀包克辣斯教侣[①]

和妇女躺在硃红褥垫上面：

——在回到"唯一"之前，你将遭遇一连串的状况和行动。你想由黑暗把你救出，从现在起，完成它的工作！丈夫对妻子说："周济你的兄弟"，她将吻你。

尼哥拉教侣[②]

围着热气腾腾的馔肴：

——这是献给神像的肉；请用！心地纯洁，许可叛教。你的肉要什么东西，塞它什么东西。设法以纵欲毁灭它！浦鲁妮考丝[③]天之母，淫乱无度。

---

① 喀包克辣斯（即卡波克拉特——编者）教侣：二世纪亚力山太的喀包克辣斯的信徒，否认基督是神，以为世界是天使所造。

② 尼哥拉教侣：尼哥拉见于《使徒行传》第六章第五节，说是进过犹太教的安提阿人。相传他是耶路撒冷的一个祭司，渐渐流入歧途，收下若干信徒。不过，这话靠不住，实际倒许是巴兰的信徒，表面信奉基督教，暗地遵循偶像崇拜的礼节。另一说，尼哥拉是仇人给圣保罗起的诨号，所以他的信徒叫做尼哥拉教侣，后人不明，以为真有其人了。

③ 浦鲁妮考丝：淫妇的意思，智慧学派给《福音书》内患血漏的女人起的名字，看做一尊神祇。

马尔考斯教侣[1]

戴着金戒指，身上香脂四溢：

——到我们这里，把你和“元神”结为一体！到我们这里来饮不朽！

当中有一位揭开一张毯子，指一个驴头的人身给他看。这象征萨巴奥斯[2]，魔鬼之父。表示憎恨，他唾痰上去。

另一位露出一张撒着花的低低的床，说道：

——元神的婚礼就要完成了。

第三位拿着一只玻璃杯，念念有词；里面冒出血来：

——啊！请看！请看！基督的血！

安东走开。然而一只大缸有水溅他。

海维笛屋斯教侣[3]

头向下跳进去，同时呢喃着：

——人行洗礼就不堕落了！

随后他走过一团大火，亚当教侣[4]在这里取暖。他们全身赤裸，来模拟乐园的纯洁。随后他碰到

---

① 马尔考斯：二世纪人，法朗旦的弟子，自成一派，改“三位一体”为“四位一体”，相传准许妇女出入内堂。

② 萨巴奥斯：意思是万军之主，即希伯来的 Tsebaoth，译成希腊的 Sabaoth，形容耶和华的称呼。其后智慧学派用来称呼恶之创造者，即以色列的神祇。

③ 海维笛屋斯：他认为圣母马利亚嫁后生过其他子女。

④ 亚当教侣：发生于二三世纪，非洲北部人所创，不衣不履，恢复亚当最初无罪的情况，所以也不婚嫁。

麦萨连教侣[①]

卧在花砌的地面，睡眼朦胧，愚蠢：

——噢！你要踩我们就踩好了，我们就是不动！工作是一种罪孽，任何职业全是坏事！

在他们后面，猥贱的

巴特尔尼教侣[②]

不分男女小孩，乱纷纷聚在垃圾堆，仰起酒污的丑恶的面孔：

——身体卑下的部分是魔鬼做的，也就属于魔鬼。喝吧！吃吧！胡闹吧！

艾齐屋斯[③]

——在上帝的治下，罪恶尽有必要！

但是忽然

一个男子

披着一件迦太基[④]大衣，拿着一捆皮条，跳在他们当中，用力向左右乱抽：

——啊！骗子、强盗、奸商、异端、鬼怪！学院之蠹、地狱之渣！这家伙，马尔席影，是西闹浦[⑤]一个犯乱伦罪被人赶出来的水

---

① 麦萨连教侣：三世纪麦萨连的信徒，自成一派。

② 巴特尔尼教侣：四世纪基督教的一个支派，以为肤肉是魔鬼的制作。

③ 艾齐屋斯：阿芮屋斯的重要心腹之一。

④ 迦太基：纪元前七世纪腓尼基人在非洲北部创建的国家，其后与罗马争霸，为罗马所亡。

⑤ 西闹浦（又译锡诺普——编者）：黑海南岸的一个商埠。

手；喀包克辣斯叫人当做魔术士放逐出去；艾齐屋斯偷他的姘头，尼哥拉让他的女人卖淫，至于摩尼以佛自称，他的名字是库布芮库斯，被人用一根苇子尖活活剥下皮，到如今他的老皮还挂在克泰西奉[①]城门！

安东

认出是泰尔屠连[②]，赶过去要跟他在一起。

——先生！救我！救我！

泰尔屠连

继续道：

——砸碎神像！童女蒙面纱！祈祷、斋戒、哭泣，折磨自己！用不着玄理！用不着书籍！有了耶稣，学问就没有用了！

全逃走了；泰尔屠连不见了，安东看见一个女人坐在一条石凳上面。

她呜咽着，头倚着一根柱子，头发垂下来，身子瘫在一件棕色的长袍里面。

随后，远远离开人群，他们聚在一起；——一阵沉静，一阵异常的绥和，仿佛在树林里面，风停住，树叶子忽然不动了。

这女子极其美好，惜乎憔悴不堪，带着一种坟墓的惨白。他们

① 克泰西奉（今译泰西封或忒息丰——编者）：在底格里斯河北岸，巴比伦的西北，原是帕提亚人的都城。

② 泰尔屠连：一六〇年生于迦太基，死于二四〇年。早年受律师的教育，其后皈依基督教，成为拉丁教会方面的大学者，著述颇多，文字流畅雄壮，反对重婚、奢华与逃避迫害。晚年他信从孟塔鲁斯的主张。

彼此望着；仿佛一片汪洋的思想，他们的眼睛互相输出万千零乱幽深的过去的事物。最后，

浦芮西娜[1]

开口道：

——我在末一间浴室，我听着街上隆隆的声音睡着了。

——忽然我听见一阵呼嚣。有人喊着："是一个魔术士！是魔鬼！"一群人在我们的门前停住，正对着艾斯库拉普庙[2]。我用手高高攀住小窗。

——庙廊上有一个人，脖子绕着一条铁链。他从火盆拾起炭块，在胸口划来划去，喊着："耶稣！耶稣！"人们说："他在犯罪！拿石头砍他！"他，他一直在讲。全是不经见的事，令人兴奋。太阳一样大小的花在我的眼前盘旋，我听见半空有金竖琴响。天黑了。我的胳膊松开窗栏，身子倒下来，临到他把我带到他家的时候……

安东

——可是你在说谁呀？

浦芮西娜

——还有谁，孟塔鲁斯！

安东

——他死了，孟塔鲁斯。

---

① 浦芮西娜：孟塔鲁斯教派的一个女先知。

② 艾斯库拉普（又译艾斯克莱庇厄斯——编者）：希腊人的医神，阿坡龙（今译阿波罗——编者）的儿子。

浦芮西娜

——这话不对！

一个声音

——是呀，孟塔鲁斯没有死！

安东回转身；在另一面，凳子上坐着第二个女子，——金黄头发，然而还要惨白，眼皮下面发肿，好像她哭了好久。不等他问她，她就说道：

马克西米娜[1]

——我们离开达苏[2]，从山路回来，在一个拐弯的地方，我们看见一个人在一棵无花果树下面。

——他远远就喊："站住！"他一壁骂我们，一壁奔了过来。奴隶统统跑过来。他大笑了。马扬起后腿。冒闹斯狗[3]全在嗥叫。

——他直直站着。脸上淌着汗。风刮着他的大衣响。

——他唤着我们的名字，指责我们的工作无聊，我们的身体龌龊；——他向单峰骆驼举起拳头，因为它们下颌挂着银铃铛。

——他的忿怒令我从心里惊惧——然而这好似一阵快感摇我、醉我。

——奴隶先拢近。他们说："先生，我们的牲口累了"；随后，

---

① 马克西米娜：孟塔鲁斯派的一个女先知。

② 达苏（又译大数——编者）：小亚细亚基利家（又译奇里乞亚——编者）东南临海的城邑。

③ 冒闹斯（又译摩罗斯——编者）狗：一种高大的看门犬，极有名。冒闹斯人是古代马其顿之西的以拜路司国（又译伊庇鲁斯——编者）的一个部落。

妇女们讲："我们害怕"，奴隶走了。随后，小孩子哭将起来："我们饿了！"没有人答理妇女，她们散开了。

——他，他说着。我觉得有人靠近我。是我的丈夫；我在听另一个人讲话。我的丈夫在石头中间挨蹭，一面喊道："你不要我了吗？"我回答道："是呀！滚开！"——为了陪伴孟塔鲁斯。

安东

——一个阉人！

浦芮西娜

——啊！这你也诧异，下流东西！其实抹大拉、约亚拿、马大和苏撒拿[①]都没有和救主同过床。灵魂比身体更好互相搂住取乐。为了保全尤丝陶利的清白，赖翁斯[②]主教把自己弄成残废，——他爱惜他的爱情甚于他的男性。而且，这不是我的错；有什么东西强我去做；骚塔斯[③]也治不了我。可是，他很专横！管他哪！我是末

① 抹大拉、约亚拿、马大和苏撒拿：《路加福音》第八章记载："过了不多日，耶稣周游各城各乡传道……和他同去的有十二个门徒，还有被恶鬼所附，被疾病所累，已经治好的几个妇女，内中有称为抹大拉的马利亚，曾有七个鬼从她身上赶出来；又有希律的家宰苦撒的妻子约亚拿，并苏撒拿，和好些别的妇女，都是用自己的财物供给耶稣和门徒。"同书第十章记载："他们走路的时候，耶稣进了一个村庄。有一个女人，名叫马大，接他到自己家里。她有一个妹子，名叫马利亚，在耶稣脚前坐着听他的道。马大伺候的事多，心里忙乱，就进前来，说：'主啊，我的妹子留下我一个人伺候，你不在意吗？请吩咐她来帮助我。'耶稣回答说：'马大！马大！你为许多的事思虑烦忧；但是不可少的只有一件；马利亚已经选择那上好的福分，是不能夺去的。'"

② 赖翁斯：安提阿的主教。

③ 骚塔斯：特拉基东北临海安嘉勒（在达苏附近——编者）城的主教，他想劝转浦芮西娜，但是没有成功。

一个女先知；我以后世界的末日就要到了。

马克西米娜

——他拿许多礼物送我。再说，也没有人那样爱他，——那样为他所爱！

浦芮西娜

——你说谎！那是我！

马克西米娜

——不对！那是我！

她们揪打起来。

她们肩膀中间露出一个黑人头。

孟塔鲁斯

披着一件黑大衣，用两根死人骨头扣住。

——息了怒吧，我的鸽子！我们不能够享受人间的幸福，却也凭这种结合得到精神的圆满。天父时代以后，圣子时代；我开始第三时代，“巴辣克莱”时代。天上的耶路撒冷在星空，在我的派普萨[①]住宅上面熠耀了四十夜，他的明光降到我的身上。

——啊！皮鞭子抽你们的时候，你们怎样苦苦呼号！你们痛楚的四肢怎样献给我的热狂！爱情不能实现，你们怎样在我的胸脯上面枯萎！爱情的强烈为你们发现了好些世界，你们如今可以用自己的眼睛望见灵魂。

---

① 派普萨：弗吕嘉的小城，一六八年左右，变成孟塔鲁斯信徒的圣地。

安东做手势，表示诧异。

泰尔屠连

回到孟塔鲁斯身边：

——当然，唯其灵魂有一个身体，——没有身体的东西就不存在。

孟塔鲁斯

——为要灵魂更加精致，我制定苦修条例，一年三次斋戒，每夜闭住嘴祈祷。——害怕出口的嘘息染污思想。必须避免重婚，或者，简直不要结婚！天使就和女人犯过罪。

阿尔孔特教侣[1]

穿着鬃鬣编织的苦衣：

——救主说过："我来为了破坏女人的制作。"

塔田教侣

穿着芦苇编织的苦衣：

——女人正是罪恶之树！肉皮的衣服是我们的身体！

于是沿着一边向前走，安东遇见

法莱西屋斯[2]**教侣**

躺在地上，下半截腹部的道服下面，带着一片一片的红。

---

① 阿尔孔特教侣：古代希腊的最高执政叫做"阿尔孔特"，意思是"首领"。四世纪，法朗旦信徒中有人另成一派，以为世界由七天组成，各个天由"阿尔孔特"创造统辖。他们不承认复活，厌恶妇女。

② 法莱西屋斯：模仿奥芮金，自阉以坚信心，更变本加厉，以有后为罪愆。其后信徒渐多，被教会逐出，退居阿拉伯。

他们拿一把刀给他看。

——干罢，和奥芮金一样，和我们一样！难道你怕疼，懦夫？难道你爱惜你的肉，丢舍不开，伪君子！

正当他观看他们仰天躺在他们的血水里面挣扎，

该隐教侣①

用一条蛇挽住头发，走过他的身边，向他的耳里嚷道：

——该隐万岁！所多玛②万岁！犹大③万岁！

——该隐造下强壮的民族。所多玛以它的惩罚震惊全球；上帝仗着犹大救了世界！——是呀，犹大！没有他，就没有死，没有赎罪！

他们消失于一群

席尔共斯里影教侣④

穿着狼皮，戴着荆棘冠，拿着铁棒：

——捣碎果子！搅浑泉水！淹死婴孩！抢掠自命快乐的饱食的富人！鞭打羡嫉驴鞍、犬食、鸟窠的穷人，看见别人不和他一样贫

---

① 该隐是亚当和夏娃的长子，因为上帝没有采取他的供物，而采取他的兄弟亚伯的供物，便怀恨杀了他的兄弟亚伯。上帝便把他从面前赶开。参阅《旧约 · 创世记》第四章。其后基督教有一支派，以为上帝耶和华是万恶的根源，凡违抗他的全是好的。

② 所多玛：参阅《创世记》第十八与第十九章。所多玛是邻近迦南的一座城，居民无恶不为，耶和华降火烧掉。相传死海就是所多玛及其附近的原址。

③ 犹大：耶稣的门徒，后来受贿出卖耶稣。参阅《四福音书》。

④ 席尔共斯里影教侣：非洲基督教会分离派的一个支别。分离派并非基督教的异端，平素服从教制，谨守信经。他们反对教权属诸政府。席尔共斯里影教侣奔走非洲境内，解除奴隶，废止债务，以殉教为职志。

苦因而绝望的穷人。

——我们，圣者，为了促成世界末日，我们下毒药、放火、屠杀！

——只有殉教可以得救。我们舍身殉教。我们用钳子揭去我们的头皮，我们把四肢伸在犁耙下面，我们把自己扔进炉灶！

——废除洗礼！废除圣体餐礼！废除婚姻！普遍的永劫！

于是，全教堂变成忿怒的波涛。

欧笛屋斯①教侣放箭去射魔鬼；考里芮德教侣②拿蓝头巾投天花板；阿西特教侣③匍匐在一只酒囊前面；马尔席影教侣拿油给死人行洗礼。靠近阿派勒④，一个女人说明她的意思，叫人看一只瓶子里面的一块圆面包；另一个女人，在桑普塞昂教侣⑤中央，施舍她芒鞋上面的尘土，犹如施舍祭饼。撒着玫瑰的马尔考斯教侣的榻上面，两个情人搂在一起。席尔共斯里影教侣彼此在割咽喉，法莱西屋斯教侣喘着末一口气，巴德萨唱着，喀包克辣斯舞着，马克西米娜和浦芮西娜呜呜地哭泣；——加帕多嘉⑥的伪女先知，全身赤

---

① 欧笛屋斯：四世纪人，拿各种人形赋与上帝，以为水火黑暗全没有开端。

② 考里芮德教侣：四世纪基督教的一个支派，把圣母当做一种异教的女神看待，上供一种叫做“考里芮德”的祭饼。

③ 阿西特教侣：二世纪基督教的一个支派，围着一只酒囊舞蹈，以为得了道的人等于皮袋盛了新酒。“阿西特”有水臌的意思。

④ 阿派勒：马尔席影的弟子，不承认死人复活和《旧约》，赞美结婚。

⑤ 桑普塞昂教侣：一世纪死海沿岸的一个教派。“桑普塞昂”一字来自希伯来的“太阳”，常人以为他们崇拜太阳，所以这样称呼他们。

⑥ 加帕多嘉（即卡帕多西亚——编者）：小亚细亚最东最大的一省。二三五年左右，当地有一个女子，宣称世界末日就到，一时人心为之震动。

裸，扶住一只狮子，摇动三支火把，吼号着可怕的祈愿。

柱子仿佛树身摇摆，邪说领袖的颈间的符箓发出交错的火线，偏殿的星座移动，墙壁迎着来往的群众后退，每颗人头只是一个跳吼的浪头。

不过，——就在喧嚣的中心，杂着笑声，升起一片歌唱，不时可以听到耶稣的名字。

歌唱的是一群穷人，拍着手来打拍子。在他们中间是

阿芮屋斯

穿着助祭的法衣：

——那些排斥我的蠢货妄想解释荒诞不经；为了毁掉他们，我编了好些发笑的小诗，磨坊、酒店、码头，全有人会背。

——一千个不！圣子和天父不属于同一永生，也不属于同一物质！否则他不会讲："天父，把这祭杯从我面前取开！——为什么你称我好？只有上帝好！——我去见我的上帝，你们的上帝！"还有好些别的话证明他属于生人。而且，他所有的称呼正好帮我们坐实他是羔羊、牧人、泉源、贤惠、人子、先知、正路、基石！

萨布里屋斯[①]

——我，我以为他们虽二犹一。

阿芮屋斯

——安提阿大会的决定恰好相反。

---

① 萨布里屋斯（又译撒伯里乌——编者）：三世纪前半叶里比人，以为圣子圣灵全是天父的一部分。

安东

——那么，“外尔布”怎么讲？……耶稣又是什么？

法朗旦教侣

——是悔了过的阿沙辣媚丝的丈夫！

塞特教侣[①]

——是挪亚的儿子，闪[②]！

戴奥道土斯[③]教侣

——是麦基洗德[④]。

麦林特[⑤]教侣

——只是一个平常人罢了！

阿包里迺[⑥]教侣

——他也就是取其外貌而已！他假装受难。

---

① 塞特教侣：二世纪基督教的一个支派，拥戴亚当的少子塞特。《旧约·创世记》第四章记载：“亚当又与妻子同房，她就生了一个儿子，起名叫塞特。意思说，神另给我立了一个儿子代替亚伯，因为该隐杀了他。”

② 闪：参阅《旧约·创世记》第五章第二十八节以后各章。

③ 戴奥道土斯：二世纪人，以为基督是上帝的义子，所以才算神衹。只有麦基洗德真是上帝的儿子。

④ 麦基洗德：《旧约·创世记》第十四章，记载亚伯兰大胜归来，“又有撒冷王麦基洗德，带着饼和酒，出来迎接；他是至高神的祭司。”《新约·希伯来书》第五章，说到基督和麦基洗德，引用《诗篇》一百一十第四节：“基督也不是自取荣耀作大祭司，乃是在乎向他说：‘你是我的儿子，我今日生你’的那一位；就如经上又有一处说：‘你是照着麦基洗德的等次永远为祭司。’”

⑤ 麦林特：一世纪末基督教的一个支派领袖。他以为耶稣行洗礼时，上帝的元神才降到他身上。然后耶稣才是基督。但是临到遇难时节，基督便离开耶稣而去了。

⑥ 阿包里迺：生于四世纪初，死于三九〇年，曾仿柏拉图问答式，改编《圣经》授人，著述很多，是教会的一个大学者。三八一年，君士旦丁大会加以排斥，他就自创一派，以为上帝有两个儿子，一个是上帝生的，一个是圣母生的。

安西尔的马尔塞[①]

——是天父的一种发展!

喀里斯特教皇[②]

——天父圣子只是一个上帝的两种仪态。

麦陶笛屋斯[③]

——他先在亚当身子里面，后来在人身子里面!

赛林特[④]

——他要复活的!

法朗旦

——不可能，——他是金身!

萨冒萨特的保罗[⑤]

——他从受洗起才是上帝!

海尔冒金[⑥]

——他住在太阳里面!

所有邪说领袖团团围住安东。他捧住头哭泣。

---

① 安西尔的马尔塞：安西尔是小亚细亚迦拉太的旧省会。马尔塞是四世纪一个主教，反对三位一体之说，见解与萨布里屋斯相仿。

② 喀里斯特教皇：二一八年当选为教皇，二二三年殉教。

③ 麦陶笛屋斯：小亚细亚的美西亚东北奥林普斯地方的主教，反对奥芮金，三一一年左右殉教。

④ 赛林特：即麦林特。

⑤ 萨冒萨特的保罗：萨冒萨特（即萨莫萨塔——编者）是古代叙利亚的城邑。曾做过安提阿主教的保罗，在萨冒萨特出生，否认三位一体和耶稣是神，二六八年免职。

⑥ 海尔冒金：他想折衷希腊哲学和基督教义，痛遭泰尔屠连指斥。

一个犹太人

红胡须，皮肤沾着癞斑，过来拢在他的近旁；——狞笑着：

——他的灵魂是以扫[①]的灵魂！他害了白莱罗奉[②]似的病；他的母亲，一个卖香料的，在秋收的一个夜晚，靠着成捆的玉蜀黍，和一个罗马兵潘太鲁斯[③]苟合。

安东

急急仰起头，望着他们不言语；随即一直走向他们：

——司铎、魔术士、主教和助祭、人和鬼，退后！退后！你们全在撒谎！

邪说领袖

——我们有些殉教者比你的殉教者还要坚苦，有些祈祷比你的祈祷还要困难，更高的爱情的激越，同样长久的禅定。

安东

——可是没有天示！没有物证！

于是全在空里挥着成卷的巴皮鲁司、成方的木版、成块的皮、成条的布；——你推搡我，我推搡你：

---

① 以扫：以撒的长子，和雅各是双生。参阅《旧约·创世记》第二十五到第三十六章。

② 白莱罗奉：古代希腊神话中的英雄，曾经骑上飞马白嘉斯，杀死妖精石麦尔。晚年他陷于一种难以言传的忧郁，本文所谓病，即指此而言。

③ 潘太鲁斯：反对基督教的人们说他是马利亚的情夫，耶稣的生父。

赛林特教侣

——请看《希伯来人福音》[1]!

马尔席影教侣

——《救主福音》[2]!

马尔考斯教侣

——《夏娃福音》[3]!

昂克辣蒂教侣[4]

——《多马福音》[5]!

该隐教侣

——《犹大福音》[6]!

巴西黎德

——《灵魂不期而来论》!

摩尼

——《巴尔库夫预言》[7]!

安东由他们中间挣脱身子;——他望见一个充满阴影的角落里,

---

① 《希伯来人福音》:《新约》除《四福音书》外,另有五十余种,未经收入,通常多视为伪书。《希伯来人福音》即伪书之一。

② 《救主福音》: 伪书之一。

③ 《夏娃福音》: 伪书之一。夏娃是上帝创造的第一个女子,亚当的妻室。

④ 昂克辣蒂教侣: 基督教的一个支派,茹素,不结婚。

⑤ 《多马福音》: 伪书之一。多记耶稣幼年故事,荒诞不可置信。多马系耶稣十二门徒之一。

⑥ 《犹大福音》: 伪书之一。

⑦ 《巴尔库夫预言》: 巴西黎德所作,巴尔库夫实无其人。

年老的艾毕影教侣[1]

木乃伊一样干枯，黯弱的目光，白眉。

他们说话带着一种颤声：

——我们认识他，我们这些人，我们认识他，那木匠的儿子！我们和他一样年纪，我们住在他那条街上。他喜欢用泥捏小鸟儿，帮他父亲做活，不怕顶板的切锯，要不然就帮母亲聚起染好的毛线球。后来他到埃及旅行，带回好些惊人的秘密。他来寻访吃蝗虫的人，那时我们在耶利哥[2]。他低声低气地说话，人听不见他讲些什么。可是就打这时候起，他在加利利[3]有了名气，人也讲起他许多传说。

他们哆哆嗦嗦地重复着：

——我们认识他，我们这些人！我们认识他！

安东

——啊！再讲下去，说吧！说吧！他的脸是什么模样？

泰尔屠连

——样子又野又丑；——因为他让自己承担人世一切罪恶，一切痛苦和一切丑陋。

---

① 艾毕影教侣："艾毕影"是希伯来字，原义贫穷。艾毕影教派接近犹太教，发生于《新约》撰著时代，承认耶稣是救主，然而否认他是神圣。通常习医道巫术，节欲，拜太阳。

② 耶利哥（即杰利科——编者）：在约旦河西岸，死海正北。

③ 加利利：约旦河上游以西一省，耶稣行教大多不出该省。

安东

——噢！不！不！正相反，我心想他的全身呈有一种超人的美丽。

该撒力亚的尤赛布

——在巴迺戴司[①]，靠着一所旧茅草房子，在一堆乱草中间，有一个石像，传说是那患血漏的女人立的。不过时间蚀坏了它的面孔，雨水打伤了铭志。

一个女人从一群喀包克辣斯教侣中间走来。

马丝丽娜[②]

——从前，我在罗马一个小教堂做助祭，我领信徒观看圣保罗、荷马[③]、皮塔高尔[④]和耶稣基督的银像。

——我留下的只有他的。

她半敞开她的大衣。

——你想看吗？

一个声音

——我们呼唤他，他就露面！是时辰了！来吧！

安东觉得一只粗野的手抓住他的胳膊，带着他走，

他登上一座漆黑的楼梯；——走过好些台级，他来到一扇

---

① 巴迺戴司：叙利亚的城市，从推罗到大马色路经的地方。

② 马丝丽娜：一六五年左右，她来到罗马，崇拜耶稣、柏拉图等人的偶像。

③ 荷马：古代希腊的大诗人。

④ 皮塔高尔（即毕达哥拉斯——编者）：纪元前六世纪希腊哲学兼数学家。相传乘法表是他发明的。

门前。

然后，领他的人（是伊拉芮影吗？他弄不清楚）向他的耳边道：“救主快来了。”——有人把他们让进一间没有家具，天花板低极了的屋子。

最先引他注目的，是迎面一条血色的长蛹，有一颗放光的人头，四周是用希腊文写的克鲁菲斯①这个字。它主有一根柱子，柱子立在一个底座中央。屋子其他板壁有磨亮的铁牌，上面是些禽兽的头：牛、狮、鹰、犬——还有，驴！

挂在这些铁像下面的陶土灯，放出摇摇不定的光亮。安东由一个墙穴瞥见远远水上熠耀的月亮，他甚至于辨出匀整的粼粼的波荡和一只船身碰到坝石的沉重的响声。

好些蹲着的男子，把脸藏在大衣下面，不时发出一声噎回的犬吠。好些妇女睡着，前额靠住膝盖支着的两只胳膊，完全消失在她们的面网里面，简直可以说做一堆衣服沿墙放着。靠近她们，好些半裸的孩子，一身虱子，白痴也似的望着灯光；——谁也不做事；大家等着什么。

他们低声谈论他们的家族，或者互相交换一些病方。当局的迫害太厉害，有些人打算黎明上船远去。其实欺哄异教徒并不难。“糊涂虫，他们相信我们膜拜克鲁菲斯！”

然而有一位教友，忽觉神灵附体，来在柱子前面站定。柱子上

① 克鲁菲斯：埃及的蛇形神祇。

面放着一只装满了茴香和马兜铃的篮子，顶端是一块面包。

其余人士站好了地位，形成三道平行线。

神灵附体的教友

展开一张长圆形体交杂的告白，随后开始道：

——“外尔布”的光下降在黑暗上面，传出一声强烈的呼唤，好像光的声音。

全体

一壁摇摆身体，一壁回答：

——基芮爱·爱莱伊松[①]。

神灵附体的教友

——然后，以色列[②]无耻的上帝造下人来，还有这些帮手：

指着铁牌，

——阿斯陶哀奥斯、奥辣伊奥斯、萨巴奥斯、阿道纳伊、艾脑伊、伊阿奥[③]！

——而人，丑恶、软弱、不成形、没有思想，卧在泥泞上面。

全体

如泣如诉：

---

① 基芮爱·爱莱伊松：两个希腊字，“基芮爱”等于“主”，“爱莱伊松”等于“怜悯”。弥撒开始时，多诵此语。

② 以色列：《创世记》第三十二章记载雅各与天使摔跤，胜了天使，天使叫他改名以色列。他的后裔就是以色列族，出了埃及，分为十二支，占有巴勒士登，成为今日所谓犹太人。

③ 全是智慧学派恶意称呼耶和华（以色列的上帝）的名字。

——基芮爱·爱莱伊松！

神灵附体的教友

——然而苏菲亚，起了怜悯，用她灵魂的一部分把人救活过来。

——于是，看见人这样美，上帝恼怒了。他把人拘在他的王国，禁止他接近智慧之树。

——另一位又来救了他！她打发蛇去，用了许多计谋，让他违背这嫉视的法令。

——而人，尝到了智慧，也就明白了天道。

全体

用力：

——基芮爱·爱莱伊松！

神灵附体的教友

——然而为了报复起见，伊阿布达拉奥斯[①]把人和蛇一同投在物质里面！

全体

低极了：

——基芮爱·爱莱伊松！

他们闭拢嘴，不作声。

码头的气味和灯烟糅混在温暖的空气里面。灯捻子爆响着，快

---

① 伊阿布达拉奥斯：智慧学派恶意称呼耶和华的一个名字。

灭了；长蚊子盘旋着。安东因为焦灼喘哮，好像一种妖异的感觉漂浮在他的四周，一种罪恶的恐怖眼看就要完成。

然而

神灵附体的教友

顿着脚跟，拍打着手指，摇着头，随着铙钹和一支尖锐的笛子，叶着一种狂暴的节拍，唱起圣歌：

——来呀！来呀！来呀！走出你的洞穴！

——没有脚，快跑！没有手，抓牢！

——川流一样曲，太阳一样圆，星空一样带着金点子黑！仿佛葡萄的纠缠，脏腑的盘绕！

——不经胎生！以地球为食！永久年轻！聪明！受艾皮道尔[①]尊奉！待人良善！治好多力买王，摩西的兵士和米闹斯的儿子格楼库斯[②]！

——来呀！来呀！来呀！走出你的洞穴！

全体

重复：

——来呀！来呀！来呀！走出你的洞穴！

不过，没有东西出现。

---

① 艾皮道尔：古代希腊阿尔高里德（即阿尔戈利斯州——编者）一个临海的城邑，有一座医神艾斯库拉普庙，神像是蛇形。

② 米闹斯（又译米诺斯——编者）的儿子格楼库斯（又译格劳科斯——编者）：米闹斯是地中海基利底（即克里特——编者）岛之王，也是地狱的审判官，其子是鱼尾人身的海神。

——为什么？怎么了？

于是彼此商议，提出方案。

一个老年人献出一块草泥。随后，篮子里面高了上来。草泥摇动，花落着，——露出一颗蟒头。

蟒沿着面包慢慢蜿蜒，好像一个圆环绕着一只不动的圆盘，随即展开、伸长；——大极了，十分沉重。唯恐沾地，男子把它捧在胸脯，妇女顶在头上，小孩子举在臂梢；——而它的尾巴，钻出墙穴，一直坠向渺茫的海底。它的环节自相分裂，充满屋子，把安东团团围住。

信徒

嘴贴住蟒皮，抢夺它咬过的面包。

——就是你！就是你！

——先是摩西把你高高举起，后来希西家[①]弄断了你，又经弥赛亚[②]重新放好。他在洗礼的水里面喝你；不过你在橄榄园[③]离开他，于是他觉得自己没有了气力。

——你缠着十字架的杆子，比他的头还要高，口涎溅着他的荆棘冠，望着他死。——因为你不是耶稣，你，你是“外尔布”！你

① 希西家：犹大国的王，在位二十九年，废除偶像崇拜，打碎摩西所造的铜蛇，恢复崇奉上帝。参阅《旧约·列王纪下》第十八章。——编者

② 弥赛亚：《新约·约翰福音》第一章第四十一节：“弥赛亚翻出来就是基督。”

③ 橄榄园：《圣经》作橄榄山，在耶路撒冷城东，三里长的一座小山，山上有四峰，其中一峰即耶稣升天的地方。

是基督！

安东不堪惊惧，晕了过去；他倒在他的茅庐前面碎木上；火把从他的手里滑出，柔柔地烧着。

他的眼睛因为震动半睁开；他瞥见月光之下粼粼的清澄的尼罗河，恰似沙地中央一条巨蛇；——太像蛇了，他不由幻想自己还没有离开奥菲教侣①；——他们围住他，呼唤他，搬运行李，走下码头。他随他们上了船。

一段不可计度的时间流了过去。

随后一座牢狱的穹隆把他包住。迎面的栅栏在蓝天映出黑的线条；——在阴影之中，他的两旁有人哭着，祈祷着，四外另有一圈人鼓舞他们，安慰他们。

外面像有一群人在喧呶，一片夏日的辉耀。

有尖声呼喊西瓜、水、冰饮料和草编的坐垫。不时传来一阵喝彩。他听见头上有人走动。

忽然发出一阵悠长的吼声，又响又空，好像阴沟的水声。

他望见当前另一座兽槛的栅栏后面有一只狮子徘徊，——随即一排云鞋、赤腿和紫红的流苏。再过去，一级一级石圈，从围绕平地的最低一层到最高一层，越来越大，匀匀称称，坐着一圈一圈男女。最高一层竖着若干旗杆，撑起风信子色的帐帘，用绳子在空中

① 奥菲教侣：“奥菲”是希腊的“蛇”字。二世纪基督教的一个支派，把蛇看做弥赛亚崇拜。

把它们绷开。若干向中央聚拢的台阶把这些大石圈齐齐分开。人坐在上面，台级看不见了，尽是骑士、元老、兵卒、百姓、外丝塔的女祭司[①]和娼妓——穿戴着羊毛风帽、丝织肩带、褐色袍褂，夹杂着宝石帽花、羽翎帽缨、前卫斧钺；这一切骚扰、叫嚣、乱杂和激昂，好像一只沸滚的巨釜，使他罔知所以。在平地空场的中央，在一座神坛上面，焚着一瓶乳香。

那么，他四周的人士是罚来喂走兽吃的基督徒。男子披着萨图恩[②]大祭司的红袍，妇女披着赛奶丝[③]的条带。他们的朋友分赠他们残余的衣服和指环。他们说，进狱探望必须送许多钱。管它哪！他们要待到末尾。

在这些劝慰的人里面，安东注目到一个秃顶男子，穿着黑袍，面孔曾在什么地方会过；他和大家谈起人世的空虚，天堂的幸福。安东充满爱的激越。他希望有机会为救主流血，不知道他自己并不是一个殉教者。

可是除去一个伸起胳膊长头发的弗吕嘉[④]人以外，全是忧愁的模样。一个老年人靠住一条凳子呜咽，一个年轻人站直了，垂下

---

① 外丝塔的女祭司：外丝塔（又译维丝塔——编者）是女性的火神，罗马人供奉的主要家神。她的女祭司多由名门望族选出，昼夜守护着祭坛的神火。神火如灭了，或者不守清规，便活活埋掉。外丝塔在希腊原名 Hestia（赫斯提亚——编者）。

② 萨图恩：在罗马神话中被视为裘彼特（又译朱庇特——编者）的父亲，被裘彼特驱出天外，逃在拉丁，劝民稼穑，成为诗人歌咏的黄金时代。在希腊原名 Kronos（克洛诺斯——编者）。

③ 赛奶丝（即刻瑞斯——编者）：萨图恩的女儿，拉丁人的农神。在希腊原名 Demeter（得墨忒耳——编者）。

④ 弗吕嘉（即弗里吉亚——编者）：小亚细亚中部的地带。

Girieud

头，梦想着。

老年人

因为在一个十字街头的转弯处，当着一座米迺尔甫[①]神像，他不愿意捐款；望着他的同伴，意思像是说：

——你们应当救我才是！有些宗教团体有时候就安排得极好，没有人来搅扰。你们中间就有几位弄到那种信件，假装说你们已经祭拜过偶像。

他问道：

——一个人受刑不过，可以随意而行，不是亚力山太的彼得这样规定的吗？

随后，向自己道：

——啊！到了我这把年纪还受罪，也太苦了！我老弱到没有一点气力！可是，我还可以挣扎下去，活到下一个冬天！

想起他的小花园，他伤心了，——于是他端详着神坛的侧面。

年轻人

曾经捣乱一次阿坡龙[②]的节会。呢喃道：

——其实，我只要往山里一逃也就成了！

一个教友

——兵士会擒住你的。

---

① 米迺尔甫：裘彼特的女儿，司理各种技艺的智慧女神。在希腊原名 Pallas-Athene（雅典娜——编者）。

② 阿坡龙（又译阿波罗——编者）：裘彼特的儿子，司理预言、医药、文艺、太阳等，和月神狄亚娜是双生。在希腊原名 Phoebus（福玻斯——编者）。

年轻人

——噢！我很可以学席浦连先隐匿，然后再回来；临到第二回，当然，我就更有气力了！

随后，想到他应该活着的无数的年月，他有日要享受的一切喜悦；——于是他端详着神坛的侧面。

不过

穿黑袍子的男子

向他跑来：

——还成什么体统！怎么了你，一种天意所在的牺牲？这些女人全看着你，想想看！再说，上帝有时候会显灵迹的。皮奥尼屋斯①弄麻了他的刽子手的手，包里喀浦②的血弄熄了刑场积薪的火焰。

他转向老年人道：

——老先生！老先生！你应当拿你的死为我们宣教才是。迟迟其死，你一定会干出什么坏事，毁了你生平的善行。何况上帝的能力无限。也许你的例子要叫全国人民皈依。

对面兽槛的狮子停也不停，过来过去，放步而行。最大的一只忽然盯住安东，吼将起来，口里冒着气。

---

① 皮奥尼屋斯：小亚细亚临近爱琴海的司每拿（即今伊兹密尔——编者）的教士，二五〇年殉教。

② 包里喀浦：耶稣门徒圣约翰的弟子，司每拿的主教，一六七年，他九十五岁的时候，殉教而死。

妇女靠住男子，挤作一团。

劝慰的人

走来走去。

——要是人家拿铁片烧你，拿马分裂开你，拿蜜抹你一身，叫苍蝇来咬你，你们又该怎么办，你又该怎么办！眼前你好比是一个猎人，在树林遭了野兽的暗算。

安东愿忍受这一切刑罚，也不要可怕的野兽吃他；他自信能感到它们的牙、它们的爪，能听到他的骨头在它们的牙床之间碎裂。

窖里进来一个兽奴，殉教者哆嗦了。

只有那位弗吕嘉人无动于衷，在一旁祈祷。他烧了三座庙宇；他向前走，举起胳膊，张开嘴，头向天，一无所睹，和梦行人一样。

劝慰的人

呼喊：

——向后！向后！小心孟塔鲁斯的精灵过给你们！

全体

一壁倒退，一壁叫骂：

——孟塔鲁斯的信徒该死！

他们咒他、唾他，心想打他。

狮子扬起后爪，彼此咬着鬣毛。民众叫嚣：“喂兽呀！喂兽呀！”

殉教者不禁呜咽了，你拥住我，我拥住你。一杯麻醉酒献给他们。他们拿酒迅速传递过去。

靠着兽槛门，另一个兽奴等候信号。门开了；出来一只狮子。

它斜跨大步，走过空场。后面随着成行的狮子，还有一只狗熊，三只猫豹，若干豹子。它们向四外散开，和草原上一群羊一样。

一根鞭子暴响。基督徒蹒跚着，——于是，但求早死，他们的教友推着他们。安东阖住眼睛。

他睁开眼睛，然而四外暗无所睹。

不久透出亮光；他看出一片枯瘠的原野，高低不平，好像荒废的石矿的四周。

和地一样平的是石片，中间远远近近立着一丛丛的灌木；好些白色形体，比云彩还要模糊，俯在石片上面。

又有形体隐约而来。眼睛在长面网的罅隙发亮。听着步子的轻忽，放出的馥香，安东认出是一些贵族妇女。其中也有男子，不过出身低贱了，因为他们的面孔同时表现诚实粗野。

妇女中间的一位

吸了一口长气：

——啊！坟地凉夜的空气多好呀！我厌倦极了床的柔软，白昼的嘈杂，太阳的吸力！

她的女仆从一只布袋取出一根火把，燃了起来。别的信徒就着它点起另外若干火把，过去插在坟头。

一位妇女

喘着气：

——啊！到底我到了这里！可是嫁给一个信偶像的人多无聊呀！

另一位

——探望监狱，和我们的教友谈话，我们的丈夫全觉可疑！——甚至于画十字记号，我们也得隐藏；他们把这当做一种邪咒。

另一位

——同我丈夫，天天只有吵嘴；我不愿意听他蹂躏我的身子；——于是为了出气，他告发我是基督徒。

另一位

——你们还记得鲁齐屋斯，那美极了的年轻人，叫人家拿车倒挂着他的脚后跟，和海克陶①一样，从艾司古伊里城门一直拖到提布尔的山边②；——血染红道路两旁的荆棘！我收了几滴血来。看呀！

她从胸口取出一块全黑的绵，吻遍它，然后扑在石地喊道：

---

① 海克陶（又译赫克托耳——编者）：特罗亚（即特洛伊——编者）王浦芮阿穆（即普里阿摩斯——编者）的太子，和希腊人作战，被阿士勒（即阿喀琉斯——编者）杀死。

② 从艾司古伊里城门一直拖到提布尔的山边：艾司古伊里城门是罗马的东门，有大路通提布尔。提布尔即今日的提渥里（即蒂沃利——编者），以风景著名。

——啊！我的朋友！我的朋友！

一位男子

——算到今天，道米蒂娜①整整死了三年。她叫人拿石头在浦罗赛娉②树林的深处砍死。我收起她的骨头，骨头亮亮的和草里的萤火虫一样。如今土掩住了它们！

他扑在一座坟头。

——噢，我的未婚妻！我的未婚妻！

其余人众

在原野上：

——噢，我的姐姐！噢，我的哥哥！噢，我的女儿！噢，我的母亲！

他们跪着，两手捧住前额，或者全身向地，两只胳膊伸开；——他们压住哽噎，胸脯一起一伏，快要裂了。他们望着天道：

——怜悯我的灵魂罢，噢，我的上帝！它在黯淡无光的地方憔悴；恩准它复活吧，叫它享受您的光明！

或者，眼睛盯住石地，呢喃道：

——别生气了，你不再受罪了！我给你带来了酒，肉！

---

① 道米蒂娜（又译多米提拉——编者）：罗马一个富人的女儿。又，罗马外斯巴先（即韦帕芗——编者）大帝有一个同名的女儿，丈夫为兄所杀，皈依基督教，流放在外，相传于纪元后九五年左右殉教。

② 浦罗赛娉（即珀耳塞福涅——编者）：罗马人的地狱的皇后，裘彼特和赛奶丝的女儿，被冥王浦路东（即哈迪斯——编者）抢做妻室。

一位寡妇

——这里是普尔提司[①]，我亲手照着你的口味做的，用了好些鸡蛋，用了双料的面粉！我们要在一块儿吃，和往常一样，不是吗?

她舀了点儿往嘴唇送；忽然，疯了似的，怪样地笑将起来。

别人和她一样饮着，咀嚼着什么东西。

他们互相讲起他们殉教的故事；痛苦加强，祭酒加倍。眼里充满了泪水，你看定我，我看定你。他们又是酩酊，又是悲哀，口也发吃了；渐渐他们手碰手，唇接唇，面网半开，于是介乎杯盏火把之间，他们在坟头混成一片。

天开始发白。雾湿着他们的衣服；——于是，像不相识般，他们取道分手，向四乡散开。

太阳熠耀着，草长高了，原野换了模样。

隔着竹子，安东清清楚楚看见一片浅蓝的灰柱。这是一根树干分出来的若干树干。一个枝子压着一个枝子，陷入地心；这些水平的、垂直的线条，多到无数，如若不是随处长着小无花果和类似枫树的浅黑叶簇，活脱脱就是一片巨大的房架。

他在树杈丛生的地方辨出成簇的黄花、堇花和与鸟羽相仿的羊齿蕨。

---

① 普尔提司：一种古罗马人饮用的面汤。

在最低的树枝下面，或远或近，露出一只巨羚的犄角，或者一只羚羊的发亮的眼睛；鹦鹉栖止，蝴蝶翩跹，蜥蜴蜿蜒，蚊蝇薨薨在响；人在沉静中仿佛听见一种深厚的生命的跳动。

在树林的入口，在一座类似刑场积薪的东西上面，有一个奇怪的东西——一个男子——完全赤裸，涂着一身牛粪，比一具木乃伊还要发干；在棍子一样骨头的末梢，他的关节形成若干绳结。他的脸长极了，耳朵挂着成行的介壳，鼻子活似秃鹫的嘴。他的左臂关节不遂，直直挺在半空，桩子一样硬峭；——他在这里停留已久，鸟在他的头发里面搭窠。

积薪的四角燃着四把火。太阳正好当面，他睁大着眼睛沉思；——但不看安东。

尼罗河畔的婆罗门

——你以为如何?

四外木柴的空隙冒出火焰；

行乞僧

继续道：

——仿佛犀牛，我把自己埋入寂寞。我住在我身子后面的树里。

说实话，那棵大无花果树陷空的地方真有一个相当人身的天然窟窿。

——我拿花同果实喂自己，严守戒律，就是一条狗也看不见我吃东西。

——正因为生存来自腐坏，腐坏来自欲望，欲望来自感觉，感觉来自接触，我逃避一切动作，一切接触；于是——和墓碑一样动也不动，我用我的两个鼻孔呼吸，眼睛定定望住我的鼻子，观察我元神里的以太，我四肢里的世界，我心里的月亮；——我梦想着那广大的“灵魂”的本质，仿佛火星，从这里不断爆出生命的元素。

——我终于由所有的生物抓住最高的“灵魂”，由最高的“灵魂”抓住所有的生物；——我把我的官感收在灵魂里面，然后我用力把我的灵魂收在最高的“灵魂”里面。

——我直接从上天领受知识，犹如茶塔喀[①]鸟，只用雨丝解渴。

——正因为我认识万物，万物不复存在。

——对于我，如今没有希望，也没有忧虑，没有幸福，没有道德，没有日，没有夜，没有你，没有我，一无所有。

——我惊人的严肃让我高出强权。我一动念，能够杀掉一百个太子，推倒神祇，颠覆乾坤。

他用一种单调的声音说着这一切。

四周的树叶干皱了。好些老鼠贴着地面逃走。

他慢慢把眼睛低向上升的火焰，随后发话道：

---

① 茶塔喀：梵文的鹧鸪一类的飞鸟。

——我厌憎形体，厌憎知觉，甚至于厌憎知识本身，——因为思想不能够活过发生它的霎那的事实，精神犹如其他只是一种幻觉。

——凡生全要灭亡，凡死全要重生，现在消毁的生命要宅居在尚未成形的子宫，返回地面，怀着痛苦，服侍别的生命。

——不过，我已经辗转于无限数量的存在，忽而神，忽而人，忽而兽，我放弃轮回，我不愿意再受这种疲倦！我扔掉我身体的龌龊的客店，肉所筑成，血所染红，一种奇丑的皮所覆盖，盛满了不洁之物；——为了我的酬劳，我最后将安息于绝对的最深的幽居，“绝灭”之中。

火焰一直升到他的胸口，——随后把他包住。他的头好像从墙穴露出。他睁大的眼睛总在张望。

安东

站起来。

地上的火炬烧着了碎木片；火焰烧焦他的胡须。

安东一壁叫唤，一壁踩熄了火；最后只剩下一堆灰：

——倒说，伊拉芮影在什么地方？他刚才还在这里。我看见他的！

——哎！不，这不可能！我弄错了！

——为什么？——我的茅庐，这些石头、沙子或许全不存在。我疯了。放安静！我先在什么地方来的？出来些什么事？

——啊！那行乞僧！——这种死法通行在印度的贤哲中间。喀拉闹斯[1]当着亚历山大把自己烧掉；还有一位在亚古士督[2]时代也这样做。必须多么憎恨生命！难道是骄傲把他们赶到这条路上？——无论如何，他们具有殉教者的果敢！——说起这些人，我现在倒相信所有人家告诉我的他们的荒唐的行为。

——再往前呢？是的，我想起来了！那群邪说领袖——怎样的叫喊！怎样的眼睛！可是为什么要那样放纵肉体，失迷理性呢？

——仰仗所有这些路径，他们自信可以奔往上帝的去处！我有什么权利诅咒他们，我自己在我的路径失足？他们消逝的时候，我或许因而多有所学。来去也太快了；我就没有时间答复。如今，我的悟性似乎格外开展，格外澄明。我平静了。我觉得自己能够……怎么了？我相信我弄灭了火的！

一道火光在山石中间飞翔；山里远远传来一阵破碎的声音。

——是豺狼叫唤，还是什么旅客迷了路呜咽？

安东静听。火光拢近了。

他看见走来一位妇女，哭着，靠着一个白胡须男子的肩膀。

她披着一件褴褛的紫袍。他和她一样光着头，穿着一件同一颜色的法衣，捧着一个青铜瓶子，里面冒出一团小小的蓝焰。

安东害怕——可又想知道这女人是谁。

---

① 喀拉闹斯：一个回教的行乞僧，当着亚力山大和他的军队，把自己烧掉。

② 亚古士督：恺撒的义子，战胜政敌安东尼，被举为罗马皇帝。

生人(西门[1])

——这是一个年轻姑娘，一个可怜孩子，我领她各处走走。

他举高点青铜瓶子。

安东藉着这摇摇不定的火光端详她。

她的脸上有咬伤，沿胳膊有鞭打的痕迹；凌乱的头发和破烂的衣服纠结在一起，她的眼睛好像对光没有感应。

西门

——有时候，老半天，老半天，她就这样呆着，不说话，不吃东西；随后她醒了，——谈些稀奇古怪的事情。

安东

——真的?

西门

——艾脑伊亚[2]！艾脑伊亚！艾脑伊亚！你有什么说的，说给

---

① 西门：《新约 · 使徒行传》第八章记载："有一个人，名叫西门，向来在那城里行邪术，妄自尊大，使撒玛利亚的百姓惊奇；无论大小，都听从他，说：'这人就是那称为神的大能者。'他们听从他，因他久用邪术，使他们惊奇。及至他们信了腓利所传神国的福音，和耶稣基督的名，连男带女就受了洗。西门自己也信了；既受了洗，就常与腓利在一处，看见他所行的神迹和大异能，就甚惊奇。……西门看见使徒按手，便有圣灵赐下，就拿钱给使徒，说：'把这权柄也给我，叫我手按着谁，谁就可以受圣灵。'彼得说：'你的银子和你一同灭亡吧！因你想神的恩赐是可以用钱买的……"其后用钱贿买圣物的行为，就叫做 simonie。根据泰尔屠连，西门和圣彼得以后又言归于好，他来到推罗，买了一个叫做海兰（又译海伦，与引发特洛伊战争的美女同名——编者）的妓女，帮他招揽信徒。西门把她看做麦逦拉斯（即希腊神话中的斯巴达国王墨涅拉俄斯——编者）之妻的后身，有时又解做圣母或者米逦尔甫的化身。纪元后四一年，他来到罗马，受盛大欢迎，死于六四年，相传他模仿耶稣升天，跳向空中摔死。

② 艾脑伊亚：意即"思想"，海兰的法号。

他听！

她好似一梦方醒，转动她的瞳孔，手指慢慢抹过她的两眉，然后用一种哀哀的声音道：

海兰（艾脑伊亚）

——我记得一个辽远的地方，碧玉的颜色。只有一棵树长在那里。

安东抖颤上来。

——在它粗枝子的每一节，空里全停着一对“精灵”。他们四周的杈枒互相交割，好像身体的脉管；他们望着永生从浸没在阴影的树根一直循环到高出太阳的树梢。我哪，在第二杈枒上面，用我的脸照亮夏夜。

安东

拍着他的前额。

——啊！啊！我明白了！头脑不清。

西门

手指放在嘴边。

——嘘！……

海兰

——帆张满了，船身破开白浪。他同我讲：“我扰乱我的祖国也罢，我丢掉我的王国也罢，我全不放在心上！你归了我，到了我的家里！”

——他高大的宫院多温馨！他睡在象牙榻上，抚弄我的头发，情意绵绵地唱歌。

——临到黄昏，我望见两方的军营，燃起的烽火，尤理斯[①]在他的帐边，阿士勒[②]全副武装，沿着海滨驾起一辆战车。

安东

——她可不简直疯了！为什么？

西门

——嘘！……嘘！……

海兰

——他们用香膏涂我，把我卖给人民作乐。

——有一天夜晚，我站直了，手里抱着弦子，哄一群希腊水手跳舞。雨像瀑布一样打着酒店，杯里的热酒冒着气。门不见开，一个人就进来了。

西门

——那就是我！我重新寻见你！

——安东，她就是人们所谓的西皆[③]，艾脑伊亚，巴尔布劳[④]，浦鲁妮考丝！统治世界的“精灵”嫉妒她，把她打进一个女人的身体。

---

① 尤理斯（即尤利西斯或奥德修斯——编者）：特罗亚大战之中，希腊方面的英雄，以谨慎狡黠著名。他是荷马第二部史诗《奥德赛》的主要人物。

② 阿士勒：特罗亚大战之中，希腊方面的英雄，荷马第一部史诗《伊利亚特》的主要人物。他杀掉海克陶，但是脚踵中了巴芮斯（即帕里斯——编者）一支毒箭。本文海兰所说的“他”，即指诱她私奔的巴芮斯，海克陶的兄弟。

③ 西皆：意即“寂静”。法朗旦的三十个“艾翁”之一。

④ 巴尔布劳：“艾翁”之一，伊阿布达拉奥斯与萨巴奥斯的母亲。

Girieud

——她曾经是特罗亚人[①]的海兰，诗人司泰西考[②]诅咒她的名声。她曾经是鲁可乃丝[③]，被王室蹂躏的贵家女子。她曾经是大利拉，割掉参孙[④]的头发。她曾经是那以色列的女儿，委身给公山羊。她喜爱奸淫、欺罔、愚痴，而且崇拜偶像。她到所有的民族卖淫。她在一切十字街头唱歌。她吻所有的面孔。

——在推罗[⑤]，这叙利亚女子正做盗贼的情妇。她陪他们长夜饮酒，把凶手藏在她的爬满虱子的热床。

安东

——哎！这同我有什么关系？……

西门

忿忿然：

——我把她赎出来，我告诉你，——重新树立她的华严；就是

---

① 特罗亚人：即伊里影（希腊人称特洛伊为伊利昂——编者）人，小亚细亚一个城市的居民，巴芮斯诱拐海兰引起希腊人的远征，战争支持十年之久，终为希腊所灭。荷马的《伊利亚特》即歌此事。

② 司泰西考：希腊纪元前六世纪的抒情诗人，对于合歌的影响最大。

③ 鲁可乃丝：罗马贵妇人，受到塔尔干（纪元前五三四到前五一〇年在位的罗马王政时代最后一位国王）的太子赛克斯士斯所凌辱，羞愤自杀，引起王室的颠覆和罗马共和国的建立。

④ 大利拉和参孙：在非利士人辖治以色列人的时候，参孙做了二十年的以色列士师，因为具有神力，非利士人无可奈何他，后来买通他喜爱的一个妇人大利拉，得到他的隐秘，才把他拿住。参阅《旧约·士师记》第十三到第十六章。

⑤ 推罗：腓尼基著名的商埠，在地中海东岸的一个岛上，其后亚力山大大帝为进攻便利起见，筑堤和大陆相接，今已淤成平地。

喀伊屋斯·恺撒·喀里古拉[1]也爱上了她，因为他想同月亮睡觉！

安东

——什么？……

西门

——她就是月亮！教皇克莱芒[2]不是曾经下诏把她拘到塔里面吗？有三百人来围塔；就在每一个小窗口，就在同时，人人看见一个月亮出来，——虽说世界没有几个月亮，没有几位艾脑伊亚！

安东

——是的，……我好像记得……

他坠入一阵梦想。

西门

——和为男子而死的基督一样无辜，她为妇女而献身。既然亚当的违戒显出耶和华[3]的无能，就应当撼动那违反万物顺序的旧法。

——我宣讲新生，在以法莲[4]和以萨迦[5]，沿着比朔江[6]急流，

---

① 喀伊屋斯·恺撒·喀里古拉：罗马帝国三七到四一年的皇帝。暴虐无道，他甚至于希望人民合成一颗头颅，杀起来方便。他荒唐到把他的马封做执政官。他后来叫人暗杀掉。

② 教皇克莱芒：纪元九一年到一〇〇年的教皇。他也叫做圣克莱芒，但是他和亚力山太的圣克莱芒不是一个人。参阅本书第三章注圣克莱芒。

③ 耶和华：《旧约》以色列人的上帝。

④ 以法莲：约瑟次子的后裔分有的地方，在迦南中心，从约旦河到地中海的地带。

⑤ 以萨迦：雅各第五子的后裔分有的地方，在约旦河以东，以法莲以北。以法莲和以萨迦中间隔着玛拿西地带。

⑥ 比朔江：巴勒士登南境的大河，流入地中海。

在豪里湖[①]后，在玛基大谷[②]里，翻山越岭，在波斯拉[③]和大马色[④]！一身酒的人、一身泥的人、一身血的人，到我这里来；我要用希腊人叫做米迺尔甫的“圣灵”，扫除他们的垢污！她是米迺尔甫！她是“圣灵”！我是裘彼特[⑤]、阿坡龙、基督、巴辣克莱，上帝的权能附在西门身上。

安东

——啊！是你！——原来是你吗？可是我知道你的罪恶！

——你生在撒玛利亚[⑥]附近的基陶伊。你第一个主人，道希泰屋斯，把你赶走！你怨恨圣保罗，因为他把你的一个女人劝信了教；后来，你叫圣彼得折服了，又气又怕，拿起你的戏法口袋扔到水里面！

西门

——你不想学戏法吗？

---

① 豪里湖：《旧约·约书亚记》第十一章第五节与第七节均作米伦水。豪里湖是阿拉伯人的名字。在加利利海以北十一英里，三角形，约旦河上游流注的湖泊。

② 玛基大谷：约书亚攻取迦南，杀死五位迦南同盟君主的地方。在耶路撒冷西北，或云即在吕大（今改称卢德——编者）附近，梭烈谷的北边。

③ 波斯拉：《旧约》里面有两个波斯拉，一个在以东，一个在摩押。前者约距死海东南二十英里左右，后者约距大马色南六十英里。此地当指后者。

④ 大马色：叙利亚最古老最有名的城市。离耶路撒冷四百英里远近。三面环山，中间为一大平原，有两道河水灌溉，气候适宜，物产丰饶，阿拉伯人呼做“沙漠的眼睛”，或者“东方的珠子”。回教人把大马色看做地上的乐园。

⑤ 裘彼特：罗马最高的天神，即希腊的 Zeus（宙斯——编者）。“裘彼特”的意思是“天父”。

⑥ 撒玛利亚：离示剑西北六英里，耶路撒冷北三十英里的一个重要城市。罗马人征服巴勒士登，分而为四，其一是撒玛利亚。

安东望着他；——一个内在的声音在他的胸里呢喃道："为什么不呢？"

西门

继续道：

——认识自然的力量和精灵的本质的人，应当有灵迹做出。这是一切贤哲的梦想——和咬啮你的希望；承认了罢！

——我在罗马人中间，飞入竞技场，高高飞起，没有人再看见我。尼罗命人砍我的头，可是落下地的，不是我的头，是一只母绵羊的头。最后有人把我活埋了；可是第三天我又活了过来。证据吗？我站在你眼前！

他拿手给他闻。尸首味道。安东向后退。

——我能够叫铜蛇蠕动，大理石像发笑，狗说话。我可以指给你巨量的金子；我可以建立王国，你会看见好些民族膜拜我！我能够穿山、御电、在云和水上行走，变成少年、老人、虎和蚂蚁，化做你的面孔，把我的面孔给你。你听见没有？

雷声殷殷，电光闪闪，

——这是"至高"的声音！"因为耶和华你的上帝是一团火，"①万物全凭这座灶头的火星工作。

——你应当接受它的洗礼，——耶稣宣示的第二次洗礼，有一

① "因为耶和华你的上帝是一团火"：《旧约·申命记》第四章第二十四节则作："因为耶和华你的神乃是烈火……"

天狂风暴雨，窗户敞开，落在使徒身上！①

于是用手挑起火焰，慢慢地，像要洒向安东：

——慈悲的母亲，你发现隐秘，为了我们在第八宅第得到安息……

安东

呼喊：

——啊！我要是有圣水就好了！

火熄了，冒出许多烟来。艾脑伊亚同西门不见了。

一片难闻，不透明，十分寒冷的雾充满四空。

安东

伸出胳膊，恍如一个瞎子：

——我在什么地方？……我怕我坠入深渊了。不用说，十字架离我太远……啊！怎样的夜晚！怎样的夜晚！

一阵风过，雾半开了；——他望见两个人，披着长白法衣。

第一位是高身量，柔和的面容，严肃的风度。金黄色的头发，和基督的头发一样分法，整整齐齐垂在他的肩膀，他扔出手里的小

---

① 耶稣宣示的第二次洗礼：《马太福音》第三章第十一节记载施洗约翰的话道："我是用水给你们施洗，叫你们悔改；但那在我以后来的，能力比我更大，我就是给他提鞋也不配。他要用圣灵与火给你们施洗。"同样预言见于《路加福音》第三章第十六节。西门同时引用《使徒行传》第二章："五旬节到了，门徒都聚集在一处。忽然，从天上有响声下来；好像一阵大风吹过，充满了他们所坐的屋子；又有舌头如火焰显现出来，分开落在他们各人头上。"

棒，由他的同伴接住，并且依照东方人的样式致敬。

后者又矮，又粗，塌鼻梁，臃肿脖子，卷曲头发，一副天真的模样。

两个人满身尘土，赤脚，裸头，仿佛远道归来。

安东

惊起：

——你们要什么？说！走开！

达米斯①

就是那个矮子。

——得，得！……好隐士！我要什么？我简直不知道！这里是师傅。

他坐下来；另一位直直立着。寂静。

安东

——那么你们来？……

达米斯

——噢！来自远方，——远的远方！

安东

——那么你去？……

达米斯

指着另一位：

---

① 达米斯：阿坡楼尼屋斯（又译泰安那的阿波罗尼奥斯，约纪元前三年到纪元后九七年，演说家与哲学家——编者）的友生和传记人，所述多荒诞不经。

——去他去的地方！

安东

——他到底是谁？

达米斯

——看好了！

安东

自语：

——他的样子像一位圣者！我要是斗胆……

烟雾消散了。天晴气和。月亮熠耀着。

达米斯

——你究竟想些什么，话也不见说了？

安东

——我想……噢！一无所想！

达米斯

往前走向阿坡楼尼屋斯①，弯下腰，低着头，围住他绕了几匝。

——师傅！这是一个加利利的隐士，想要知道智慧的来源。

阿坡楼尼屋斯

——让他走过来！

---

① 阿坡楼尼屋斯（即前注泰安那的阿波罗尼奥斯，不要与佩尔塔的阿波罗尼奥斯混淆，后者是纪元前二六二到前一九〇年的大数学家。泰安那和佩尔塔两地都是小亚细亚的古城，但一东一西——编者）：加帕多嘉人，死于纪元后九七年左右。他属于皮塔高尔哲学一派的人物，茹素，精于医术，著作甚富。反对耶稣的人多推他做领袖，来和耶稣比并。关于他的奇迹，传说颇多。

达米斯

——过来吧！

阿坡楼尼屋斯

高声喝道：

——过来呀！你要知道我是谁，我做什么，我想什么，不是吗，孩子？

安东

——除非这些事能够帮我超度。

阿坡楼尼屋斯

——快乐吧，我这就告诉你！

达米斯

低声向安东：

——多不易！一定是他头一眼就看出你非常喜好玄理！我也要沾点儿光，我！

阿坡楼尼屋斯

——我先告诉你我修道的艰长的历程；假如发现我生平做过一件坏事，你就止住我，——因为所行不正，花言巧语，终无成就。

达米斯

向安东：

——人多正直！呃？

安东

——的确，我相信他真挚。

阿坡楼尼屋斯

——我出世那一夜，母亲以为看见自己在湖边采花。来了一道电光，她听着天鹅在她的梦里唱歌的声音，生下我来。直到十五岁，每日三次，有人把我投在阿司巴戴泉[①]，失信的人遇着这水就要水肿；同时有人用克尼萨[②]叶子搓我的身体，叫我清心寡欲。

——有一夜晚，一位巴米尔公主来寻我，拿她所知道藏在坟墓的财宝献给我。一个狄亚娜[③]庙的圣奴[④]绝了望，用祭神刀子自刎；基利家[⑤]的总督，看见他的期许完全无效，当着我的家人嚷嚷，要把我弄死；可是三天以后，死的是他，叫罗马人暗杀了。

达米斯

一壁用肘子碰安东，一壁向他道：

——怎么样？我不给你说来的！何等样人！

阿坡楼尼屋斯

——一连四年，我遵守皮塔高尔学派的沉默，并无差池。最意想不到的痛苦不必妄想我会呻吟；走进戏园，人和见了鬼一样躲我。

达米斯

——你做得出来这个，你？

---

① 阿司巴戴：或作阿司巴麦，加帕多嘉的神泉。

② 克尼萨：菊科蓟属，法国人称“跳蚤草”。

③ 狄亚娜：裘彼特的女儿，月神，喜好狩猎，所以也是猎神；同时终身不嫁，又是贞节之神。希腊原名 Artemis（阿尔忒弥斯——编者）。

④ 圣奴：古希腊神庙中的男女奴隶。——编者

⑤ 基利家：古代小亚细亚沿地中海的地带。

阿坡楼尼屋斯

——过完我苦难的年月，我从事教诲那些失去传统的教士。

安东

——什么传统？

达米斯

——让他讲下去！闭住你的嘴！

阿坡楼尼屋斯

——我跟恒河的萨玛学派[①]、迦勒底[②]的星相先生、巴比伦的玛吉、高卢的坠伊德[③]、黑人的司铎谈过话！我上过奥林普[④]的十四峰，我下过西古提的湖沼，我量过沙漠的大小！

达米斯

——全是真的！我同他在一起来的，我！

阿坡楼尼屋斯

——起先我一直走到伊尔喀尼海[⑤]。我沿海绕了一匝；然后由

---

① 萨玛学派：印度的隐士，希腊作家恐其和回教的行乞僧混淆，另外起了这个名称。

② 迦勒底：米所波大米亚偏东的地带，在替格利司（即底格里斯——编者）河以南，波斯湾以西。通常分做两区，各有四城。《旧约》多以迦勒底代巴比伦。

③ 坠伊德：高卢人的教士。他们最高的神祇是战神特塔泰斯。他们赋予植物若干异征，同时相信灵魂的轮回。从罗马人征服高卢以后，就渐渐消灭了。

④ 奥林普（又译奥林匹斯或奥林帕斯——编者）：古希腊若干山岳的名称。最著名的一座在马其顿的南境，相传是神的住所。

⑤ 伊尔喀尼海：里海的古名。

巴罗玛特人[①]住的地方，也就是布塞法勒[②]埋葬的地方，我来到尼尼微[③]。就在城门口，一个人走来了。

达米斯

——我！我！我的好师傅！我一下子就爱上了你！你比一个女孩子还要温柔，比一尊天神还要美！

阿坡楼尼屋斯

充耳不闻：

——他想陪伴我，给我当翻译。

达米斯

——可是你回答我，你懂所有的语言，你猜透所有的心思。于是我吻着你袍子的下摆，随在你后面行走。

阿坡楼尼屋斯

——走过克泰西奉，我们来到巴比伦的土地。

达米斯

——看见一个人这样苍白，萨塔普[④]叫唤起来！

安东

自语：

——他的意思是？……

---

① 巴罗玛特人：印度民族之一。

② 布塞法勒：亚力山大大帝的坐骑，曾经救他出险，力竭而死。

③ 尼尼微：古亚述的都城，在替格利司河东岸，纪元前六〇六年毁于兵火。

④ 萨塔普：古波斯帝国省区总督的官衔。

阿坡楼尼屋斯

——国王站直了接见我，靠近一张银的宝座，在一间布满星宿的圆厅；——从上面的圆顶，垂下眼睛看不见的丝线，挂着四只庞大的金鸟，两翼平平展开。

安东

梦想：

——地上真有这类东西吗？

达米斯

——这才算得起一座城，这巴比伦！人人富足！家家油成蓝色，古铜门，还有一座阶梯往河边盘！

用手杖在地上指画。

——就像这样子，你看见没有？此外，有的是庙宇、空场、浴池、水道！宫殿有红铜覆着！至于宫殿里面，更不必提了！

阿坡楼尼屋斯

——在北面的城墙上，立着一座塔，塔上还有第二座、第三座、第四座、第五座——另外还有三座！第八座是一间小庙，有一张床位。谁也不许进去，除非是教士给天神巴力①选下的妇女。巴比伦的国王请我住在里面。

达米斯

——我哪，人家看也不看一眼！所以，我一个人在街头散步。

---

① 巴力：意思是“主”，原文或作 Baal，或作 Bel，全是一尊天神的不同名号。《旧约》有时又作米罗达 Merodach。米所波大米亚各地最高的阳性神。

我留心风俗；我参观工厂；我查验把水带进花园的大机器。可是离开师傅，我觉得无聊。

阿坡楼尼屋斯

——最后，我们走出巴比伦；月光之下，我们忽然看见一个昂毕丝[①]。

达米斯

——可不是！它踏着铁蹄子蹦跳；它和一匹驴子一样嘶叫；它在山石中间奔驰。他咒骂了它几句；它就不见了。

安东

自语：

——他们的用意是什么呢？

阿坡楼尼屋斯

——在塔克西拉[②]，有五千堡垒的都城，恒河的国王福罗尔特斯[③]领我们观看他的身高五库代的黑人卫队，和宫苑之中碧绿锦缎幔帐下面的一头巨象。后妃喜欢把象弄得香喷喷的。这是包路斯[④]

---

① 昂毕丝：地狱女神海喀蒂（又译赫卡忒——编者）役使的鬼怪。三头或者三身的海喀蒂相当于浦罗赛娉，一头一身者相当于月神狄亚娜。

② 塔克西拉：古印度的一个城市，位于印度河支流伊达司浦（又译海达斯佩斯河，在今巴基斯坦伊斯兰堡附近，亚历山大东征的终点——编者）上游。

③ 福罗尔特斯：纪元前七世纪，米底亚王国（波斯以北）的国王有一位叫福罗尔特斯第一，败亡于亚述；纪元前六世纪，另有一位福罗尔特斯第二，败亡于波斯王古列（又译居鲁士——编者）。本书所谓恒河的国王不知是否即此。

④ 包路斯（又译波拉斯——编者）：印度西北潘牙布（即旁遮普——编者）的国王，纪元前三二年，在伊达司浦河畔，率兵抵御亚力山大，战败被俘。亚力山大放了他，后来为人暗杀。

的象，亚力山大死了以后逃出来的。

达米斯

——是人在一座森林里面寻到的。

安东

——他们的话滔滔不休，和醉了的人一样。

阿坡楼尼屋斯

——福罗尔特斯请我们入席。

达米斯

——多古怪的国家！那些王公大人一壁饮酒，一壁寻乐。拿箭照准一个跳舞孩子的脚底下投去。不过我不赞成……

阿坡楼尼屋斯

——看我快要动身，国王给了我一把阳伞，向我道："靠印度河，我有一群白骆驼。你如若不用它们，往它们耳朵吹一口气，它们就回来了。"

——我们沿河而下，夜晚藉着竹林萤火虫的亮光行走。仆厮打起一种口哨驱蛇；走过树底下，我们的骆驼弓下腰，好像走过太低的城门。

——有一天，一个黑人孩子，握着一根金的喀都塞①，领我们走进一座学院。院长伊阿尔嘉斯和我讲起我的祖先，我所有的思想，我所有的作为，我所有的存在。他的前身是印度河，他告诉

① 喀都塞：海尔库尔（即赫尔墨斯——编者）的桂杖或橄榄杖，上面是两个翅膀，杖身绕着两条蛇，象征和平与商业。

我，在赛扫斯屯斯[①]国王时代，我做过尼罗河的舵夫。

达米斯

——我哪，人家什么也不同我讲，所以我不知道我的前生。

安东

——他们的样子像影子一样模糊。

阿坡楼尼屋斯

——我们在海边遇见好些饱饮乳液的西闹塞法勒[②]，远征塔普罗巴岛[③]回来；温薰的波浪迎我们推来金黄珠子。琥珀在我们的脚底下响着。岸边悬崖的裂缝曝着鲸鱼的骨骼。最后，地面比一只云鞋还要窄；——我们冲着太阳扔了几滴大洋的水，取道往右回来。

——我们回来走过阿罗玛特人的领土[④]，恒河人[⑤]的国境，高玛芮亚海岬[⑥]，萨嘉里特人[⑦]、阿抓米特人[⑧]和荷麦芮特人[⑨]的疆

---

① 赛扫斯屯斯：古埃及的王室，普通多指著名的英雄辣穆赛斯（即拉美西斯——编者）第二，纪元前十四世纪左右的君主，曾经征服叙利亚等地。

② 西闹塞法勒（即狒狒——编者）：犬头的巨猿。埃及人以为它们膜拜晨阳夕阳。

③ 塔普罗巴岛：锡兰岛的古名。

④ 阿罗玛特人的领土：现今介乎非洲东角与红海口的骚马利（即索马里——编者）北部的地带。“阿罗玛特”是香料的意思。

⑤ 恒河人：意指恒河三角洲上的居民。

⑥ 高玛芮亚海岬：印度的南角，现今即高冒峦（多译为科摩林——编者）海岬。

⑦ 萨嘉里特人：阿拉伯南部的居民。

⑧ 阿抓米特人：阿拉伯南端的居民，现今约当邻近亚丁海湾的哈抓冒（又译哈达拉毛，是《古兰经》中常提及的阿德人的聚居地，今属也门——编者）一带。

⑨ 荷麦芮特人：阿拉伯也门的古代居民，有时候叫做伊米亚芮特人。

域；——随后，越过喀萨山[①]、红海和陶巴曹司岛[②]，我们由皮格麦[③]王国进了艾刁卑[④]。

安东

自语：

——地可真大！

达米斯

——等我们回家一看，我们从前认识的人全死了。

安东垂下头。沉默。

阿坡楼尼屋斯

继续道：

——于是世上人开始谈论我。

——瘟疫在以弗所盛行；我叫人拿石头砍死一个老乞丐。

达米斯

——瘟疫就没有了！

安东

——怎么！他扫除疾病？

---

① 喀萨山：在阿拉伯西境。

② 陶巴曹司（又译托帕斯——编者）岛：位于红海，有时叫做奥菲要戴司岛。

③ 皮格麦（即俾格米人——编者）：一种侏儒族，身体短小，长约一尺三寸，住在尼罗河上游，邻近艾刁卑。

④ 艾刁卑：埃及以北的国家。旧称阿比西尼亚，即今埃塞俄比亚。

阿坡楼尼屋斯

——在革尼土[1]，我医好了维纳丝[2]的爱人。

达米斯

——是的，一个疯子，还答应娶它哪，——爱一个女人也还罢了；爱一座石像，多傻呀！——师傅拿手搁在他的心上，爱情登时就消灭了。

安东

——什么！他驱逐妖怪？

阿坡楼尼屋斯

——在塔朗特[3]，有人运一个少女的尸首焚化。

达米斯

——师傅碰了碰她的嘴唇，她就呼唤母亲站起来。

安东

——怎么！他起死回生？

阿坡楼尼屋斯

——我预言外斯巴先[4]登基。

---

① 革尼土（即尼多斯——编者）：小亚细亚西南角的一个商埠。

② 维纳丝：希腊罗马的美神，或者爱神，从海沫里出来，嫁给丑陋的匠神乌勒看（即赫菲斯托斯——编者），另和战神马尔斯（即阿瑞斯——编者）等相好。希腊原名 Aphrodite。据萨冒萨特的吕先（即罗马帝国时代著名无神论讽刺作家琉善——编者）所说，有一个希腊青年，看见维纳丝在革尼土的雕像，发生亵渎的热情。

③ 塔朗特（即塔兰托——编者）：意大利南部的商埠。

④ 外斯巴先：罗马六九到七九年的皇帝（全名是提图斯 · 弗拉维乌斯 · 维斯帕西亚努斯，罗马帝国弗拉维王朝的开创者——编者）。

安东

——怎么！他预知未来？

达米斯

——在哥林多……

阿坡楼尼屋斯

——在巴伊亚[1]海边，和他同席……

安东

——对不住，两位，夜深了！

达米斯

——一个叫做麦尼浦的年轻人。

安东

——不！不！走开！

阿坡楼尼屋斯

——一只狗进来了，口里叼着一只切断的人手。

达米斯

——有一夜晚，他在城厢遇见一位妇人。

安东

——你们没有听见我讲吗？退开！

阿坡楼尼屋斯

——它茫茫然围着床榻徘徊。

---

① 巴伊亚（即巴亚——编者）：古意大利的城镇，靠近拿波里，以泉水风景著名。

安东

——够了！

阿坡楼尼屋斯

——人家想撵它走。

达米斯

——于是麦尼浦来到她家；他们就相爱了。

阿坡楼尼屋斯

——用尾巴打着花砌地，它把这只手放在福拉维屋斯的膝盖头。

达米斯

——可是第二天早晨，麦尼浦到学校上课，肤色惨白。

安东

跳起：

——还说不完！啊！说下去好了，既然没有法子……

达米斯

——师傅告诉他："噢！美少年，你抚爱一条蛇；一条蛇抚爱你！什么时候举行婚典？"我们全去观礼。

安东

——我真不应该听这个！

达米斯

——从外廊起，下人就在忙乱，门全打开；可是人听不见脚步的响声，门的响声。师傅站在麦尼浦一旁，未婚妻看见法师们，立即恼怒起来。可是金银器皿、酒僮、厨役、侍从，全不见了；屋顶飞了，墙倒了；阿坡楼尼屋斯一个人直直站立，女人伏在他的脚边哭泣。她原来是一个吸血鬼，满足那些美少年，为了吃他们的肉，——因为，对于这类鬼怪，没有比爱人的血更好的了。

阿坡楼尼屋斯

——你假如想知道法术……

安东

——我什么也不想知道！

阿坡楼尼屋斯

——我们来到罗马城门那一夜……

安东

——噢！是的，给我讲讲教皇城！

阿坡楼尼屋斯

——一个醉鬼同我们打招呼，柔声柔气唱着歌。这是一首尼罗的贺婚诗；谁不用心听，他就有权让谁死。他背上扛着一个匣子，里面有皇帝三角琴上摘下的一根弦。我耸了耸肩膀。他拿泥朝我们的脸上扔。于是，我解下我的腰带，放在他的手心。

达米斯

——这回你可错了！

阿坡楼尼屋斯

——皇帝当夜把我唤到他的宫邸。他左胳膊拄着一张玛瑙桌，正和司包路斯[1]玩奥司奈[2]。他回转身，皱起他的金黄眉，问我道：“你为什么不怕我？”我答道：“因为上帝使你可畏，使我胆大。”

安东

自语：

——有什么不可解的东西恫胁我。

沉默。

达米斯

尖声继续道：

——再说，全亚细亚会对你讲……

安东

惊起：

——我病了！离开我！

达米斯

——你且听听。他从以弗所看见罗马有人杀死道米先[3]。

安东

强笑：

——真有你的！

---

① 司包路斯：叙利亚人，罗马的自由奴，尼罗王的宠幸，曾经替他设计夺取包拜。

② 奥司奈：羊脚上的小骨头，小孩子们做游戏用的。

③ 道米先（即图密善——编者）：外斯巴先的幼子，罗马八一到九六年的皇帝，罗马十二大帝的末一个。皇后和人同谋把他杀死。即前面说起的福拉维屋斯和下文之提图斯·福拉维屋斯·道米提亚鲁斯。

达米斯

——是的，在戏园，在大白天，就在第十四个十月的喀朗德[①]，他忽然喊道："有人谋害恺撒！"他不时发话道："他滚到地上了；噢！他好不挣扎！他起来了；他打算逃跑；门全关了；啊！完了！他现在死了！"说真的，你知道，提图斯·福拉维屋斯·道米提亚鲁斯就是那一天叫人暗杀的。

安东

——没有魔鬼帮忙……一定……

阿坡楼尼屋斯

——他原想把我弄死，这道米先！我吩咐达米斯躲开，只我一个人囚在牢狱。

达米斯

——这是一种可怕的冒险，必须承认！

阿坡楼尼屋斯

——临到五点钟，兵士把我带到法庭。我早已备好了状词，放在我的袍子里面。

达米斯

——下余我们这群人，全在浦曹里[②]的岸上！我们相信你死

---

① 喀朗德：罗马古历每月的第一日。罗马人为适应生活起见，用喀朗德、闹迺和伊德三个日子把每月分成三份，做成偿债的期间。在三、五、七与十月从喀朗德到闹迺是六天的距离，其他的月是四天的距离。而从闹迺到伊德总是八天的距离，所以伊德在每月的十三或者十五。

② 浦曹里（即波佐利——编者）：拿波里附近的城镇。

了，都在哭着。临到六点钟，你忽然出现了，向我们讲："是我！"

安东

自语：

——和基督一样！

达米斯

提高声音：

——完全一样！

安东

——噢！不！你说谎，不是吗？你说谎！

阿坡楼尼屋斯

——他从天上下来。我哪，我上去，——我凭借我的品德，高高上到本元！

达米斯

——他的故乡提亚勒[①]，为他立下一座庙，还有好些教士！

阿坡楼尼屋斯

趋近安东，向他的耳里喊道：

——因为我认识一切神圣，一切仪式。一切祈祷，一切天谕！我曾深入阿坡龙子嗣陶弗尼屋斯[②]的坟墓！我曾为叙拉古[③]妇

---

① 提亚勒（即泰安那——编者）：加帕多嘉西南境的一个城市。

② 陶弗尼屋斯：古希腊有名的建筑家，和他的兄弟阿伽墨德斯共同建筑了德尔斐的阿坡龙神庙。他的坟穴是一个著名的求签的地方，求签的人毕生会忧郁的。

③ 叙拉古：古代西西里的都城。

女揉搓带上山的饼！我曾受米塔[①]八十次试探！我曾拿萨巴西屋斯[②]的蛇紧紧贴在心口！我曾领受喀毕尔诸神的披带！我曾用刚巴尼[③]湾的海水沐浴西拜勒[④]，我曾在撒摩特拉基[⑤]的山洞住过三个月！

达米斯

蠢然而笑：

——哈！哈！哈！领略慈悲女神的秘密！

阿坡楼尼屋斯

——现在我们重新开始跋涉！

——我们到雪和天鹅的北方。瞎眼的伊包包德[⑥]在白色的原野驰骋，脚尖踩坏了海外的草木。

达米斯

——来吧！破晓了。鸡啼了，马嘶了，帆备好了。

安东

——鸡没有啼！我听见沙里的蟋蟀，我看见月亮停在原来的地方！

---

① 米塔（即密特拉——编者）：波斯人的日神。

② 萨巴西屋斯：弗吕嘉和特拉基的神衹，类似希腊的酒神巴库斯。

③ 刚巴尼（即坎帕尼亚——编者）：意大利南部西境沿海的一省。

④ 西拜勒：小亚细亚的女神，纪元前二〇四年，罗马人正式迎入她的偶像——一块大黑石头，每年逢节，在河里洗浴一次。希腊原名 Rhea（瑞亚——编者）。

⑤ 撒摩特拉基：爱琴海里的岛屿，靠近特拉基。荷马说，站在岛上的山头，可以望见特罗亚战场。

⑥ 伊包包德：西古提民族之一，希腊人以为他们长着马蹄子。

阿坡楼尼屋斯

——我们到南方去，越山浮海，在香料中寻找爱情的来源。你可以闻见熏死衰弱的人的没药①的气味。你可以在裘闹尼亚②岛的玫瑰油湖洗你的身体。你可以看见蜥蜴，睡在莲馨花上面，每逢一百年，额头的红宝石长成下落，它也就苏醒过来。星宿和眼睛一样跳动，瀑布和里拉琴一样歌唱，绽放的花吐出醉人的芬芳；你的精神会在这种气氛扩大，在你的心里，也在你的脸上。

达米斯

——师傅！是时辰了！风要起来，燕子醒了，桃金娘的叶子落了！

阿坡楼尼屋斯

——是的！我们动身罢！

安东

——不！我，我不走！

阿坡楼尼屋斯

——你想要我教你什么地方生长起死回生的巴里斯草③吗？

达米斯

——还是问他吸银、吸铁、吸铜的安多达码司④吧！

---

① 没药：一种生长在阿拉伯的多刺的低树，剖开皮，流出乳汁，凝成干块，可以配制香料。常见于《旧约》。

② 裘闹尼亚：在大西洋，即今日的喀那瑞群岛，气候温和，产酒。

③ 巴里斯草：待考（传说中一种能使被毒蛇咬后晕厥者复苏的植物——编者）。

④ 安多达码司：一种坚硬的赤铁，黑色（传说中一种能治疗精神心理疾患的宝石——编者）。

安东

——噢！我好不难受！好不难受！

达米斯

——你将会了解所有生物的声音，狮子的吼声，鹧鸪的鸣声！

阿坡楼尼屋斯

——我能够叫你骑独角兽、桑陶、海豚和龙！

安东

涕哭。

——噢！噢！噢！

阿坡楼尼屋斯

——你将认识山中穴居的鬼怪，林中密语的鬼怪，兴风作浪的鬼怪和驶云驾雾的鬼怪！

达米斯

——收紧你的腰带！系好你的云鞋！

阿坡楼尼屋斯

——我将为你解说神圣形体的来源，为什么阿坡龙站着，裘彼特坐着，维纳丝在哥林多是黑的，在雅典是方的，在帕弗司[①]就是圆锥形！

安东

手握在一起：

---

① 帕弗司（即帕福斯——编者）：居比鲁岛西境的商埠。

——叫他们走好了！叫他们走好了！

阿坡楼尼屋斯

——我将会当着你抓下神祇的铠甲，我们会攻下庙宇，我会帮你蹂躏皮娣[1]！

安东

——主，救我！

他奔向十字架。

阿坡楼尼屋斯

——你的欲望是什么？你的梦想是什么？时间不多了，你单只往这方面想……

安东

——耶稣，耶稣，援助我！

阿坡楼尼屋斯

——耶稣？你愿意我叫他露面吗？

安东

——什么？怎么？

阿坡楼尼屋斯

——是他！不会是别人！他会扔掉他的冠冕，我们将面对面

① 皮娣（又译皮媞亚——编者）：戴勒福司（即德尔斐，位于雅典西北方的帕尔纳索斯山麓——编者）阿坡龙大庙的女巫。相传阿坡龙在戴勒福司杀了一只叫做皮东的妖蟒，后人就地起庙。每四年举行一次大典庆祝。传达神旨的女巫因而叫做皮娣。

谈话。

达米斯

低声：

——说你都想要！说你都想要！

安东在十字架下面呢呢喃喃祷告，达米斯比着谄佞的手势，施施然，在他周围旋转。

——看，好隐士，亲爱的圣安东！君子人，名人！颂扬不完的人！你不必惊恐；这是东方人的一种夸张的说法。这拦不住……

阿坡楼尼屋斯

——由他去吧，达米斯！

——他和牲畜一样，相信万物真实。畏惧神祇，他不能够了解神祇；他把他的上帝贬成了一位嫉妒的国王！

——你哪，孩子，不要离开我！

他后退到绝崖近边，越过绝崖，悬在半空。

——在一切形体之上，远出地面，高出九霄，是“观念”的世界，完全充满“外尔布”！纵身一踊，我们可以跳过空间；你就可以从它的无限抓住“永生”、“绝对”、“真宰”！——我们走吧！把手递给我！动身吧！

两个人比肩而立，慢慢向空起去。

安东抱住十字架，遥望他们上升。

他们消逝了。

五

安东

缓缓踱着：

——这家伙好比全地狱！

——尼布甲尼撒不曾这样让我目眩神移，示巴女王不曾这样让我深深入迷。

——他谈论神祇的样式引起认识神祇的欲望。

——我记起来了，在狄奥克莱先时代，在艾莱放亭岛[①]，我一下子见过好几百神祇。皇帝拿一大块土地让给游牧民族，条件是他们守卫边疆；条约以“看不见的神祇”的名义缔结。因为每一民族忽视另一民族的神祇。

——野蛮民族带来他们的神祇。他们占据河边的沙丘。有人看见他们抱住他们的偶像，和抱着瘫痪的儿童一样；要不就是，驾着一根棕树身子，他们在瀑布中间航行，远远露出他们脖子上的符箓、他们胸膛上的黥文；——这一切不见其就比希腊人、亚细亚人和罗马人的宗教罪恶更多！

——住在海里奥包里司[②]庙宇的时候，我时常观察墙上的一切：抱着权杖的秃鹰，拨着里拉的鳄鱼，蛇身的男子面孔，匍匐在象征阳物的神祇之前的母牛头的妇女；他们超乎自然的形体把我引到别的世界。我真想知道这些平静的眼睛望着什么。

——物质既有那么多的能力，一定含有一种精神。神祇的灵魂凭附在它的形象……

——具有表面的美丽就有可能引诱。然而那些……卑贱或者可畏的东西，如何又相信呢？……

他看见沿着地面卷过好些树叶、石头、介壳、树枝和动物模糊的形象。随后又是侏儒一类患水肿的东西；全是神。他大笑起来。

他的身后也发出一阵笑声；伊拉芮影出现了——穿着隐士的衣服，比方才高大多了。简直是巨灵了。

安东

重新看见他，并不诧异。

——膜拜这一切，该多蠢呀！

伊拉芮影

——噢！是的，蠢透了！

于是他们面前走过一排偶像，各国的，各时的，木头的，金属的，花岗石的，羽毛的，皮缝的。

洪水时代以前最古的偶像，消失在鬣毛一样下垂的海藻之下。

---

① 艾莱放亭岛：尼罗河上游的一个小岛。

② 海里奥包里司（又译赫利奥波里斯，也叫“太阳城”——编者）：尼罗河下游东岸的一个城市，原址在开罗附近。

有些偶像高极了，座子支不住，骨节咯嚓在响，一走路腰也折了。有些偶像的腹穴，往外流着沙子。

安东和伊拉芮影觉得非常好玩。他们笑到扶住两胁。

随后，过来一些羊面模样的偶像。两腿向内弯曲，走起来踉踉跄跄，半张着眼帘，它们哑巴一样口吃道："呗！呗！呗！"

它们越接近人形，安东越感到烦激。他不顾一切，加以拳打脚踢。

它们变可怕了——高巍巍的羽翎，球似的眼睛，鲨鱼的牙床，臂梢长着爪子。

当着这些神祇，人被杀了，供在石祭坛上面；有些在臼里被碾碎了，用四轮车压扁了，钉在树身上。还有一位，全身烧红的铁，公牛犄角，拿婴儿活活吞了下去。

安东

——太惨了！

伊拉芮影

——可是神祇永久要求刑罚，甚至于你的上帝也要……

安东

哭了起来：

——噢！别说下去，闭住你的嘴！

山石嶙峋的地方变成一片溪壑。一群牛吃着短草。

带着它们的牧童望着一片云；——他尖声向空里命令呼唤。

伊拉芮影

——他盼雨心切，所以打算用歌唱强制上天张开浓云。

安东

一壁笑着：

——这家伙的骄傲够多孩子气！

伊拉芮影

——你为什么念咒呢？

溪壑变成一片汪洋的牛乳，不动，没有涯涘。

中间浮着一个长摇篮，由一条蛇回旋而成，蛇有好些头，同时俯下来，遮住一位睡在它身上的神祇。

他没有胡须，年轻，披着透明的面网，比一个女孩子还要姣好。他冠上的珠子，和月亮一样，柔柔发光，一道星星似的念珠绕他胸脯绕了好几匝；——一只手放在头下面，另一只胳膊伸出去，他安息着，一副酩酊思维的模样。

一个女人蹲在他的脚前，候他苏醒。

伊拉芮影

——这就是婆罗门最初的二元，——“绝对”不靠任何形象表现。

神的肚脐长出一枝莲花；花托当中，另外显出一位三个面孔的神祇。

安东

——看呀！什么样的玄虚！

伊拉芮影

——天父、圣子和圣灵，其实也只是一个人！

三颗头分开，出来了三位高大的神祇。

第一位是玫瑰色，咬着自己的大脚趾尖。

第二位是蓝色，舞着四只胳膊。

第三位是绿色，戴着一串人脑盖项圈。

迎住他们，立即涌出三位女神，一位被网包住，一位捧上一只酒杯，末一位挥着一张弓。

于是这些男女神祇，十倍以至于增到无数倍。他们的肩头涌出胳膊，胳膊末梢涌出手，握着旌旗、斧钺、盾牌、刀剑、阳伞和鼓。从他们的头顶冒出泉水，从他们的鼻孔垂下草来。

有的跨着飞禽，有的在轿子里摇摇摆摆，有的高居金座，有的直直立在神龛，梦想的梦想，旅行的旅行，命令的命令，饮酒的饮酒，闻花的闻花。舞女在旋转，巨灵在追逐妖魔；在石窟入口，有隐士瞑目思维。你分不清瞳孔星宿，云霞旗旄；孔雀在金粉的溪涧饮水，幔帐的彩绣和豹子的斑纹混淆，五色的光辐在碧空与飞箭和摇曳的香炉交割。

一切自相扩展，仿佛一个雕花的高柱头——下部倚住山石，往上一直承住九霄。

安东

眼花缭乱：

——有多多少少！他们要什么？

伊拉芮影

——一位用他的象鼻抓挠他的肚子，是太阳神，智慧的启发者。

——另一位，六颗头顶着塔，十四只胳膊握着标枪，是军队之王，是火，焚掠者。

——骑着一只鳄鱼的老人要到岸边洗涤死人的灵魂。那位牙齿腐落的黑女人，地狱的统治者，要来磨难那些灵魂。

——红牝马拖着的四轮车，由一位没有腿的车夫驾驭，上面坐着太阳的主宰，在晴空徐徐驰过。月神陪着他，乘着一辆驾三只羚羊的舆轿。

——“美丽”女神跪在鹦鹉背上，拿她圆圆的奶头喂她的儿子“爱情”。现在她更远了，在草原欢欢喜喜跳跃。看呀！看呀！戴着一顶亮晶晶的冠子，她跑在麦子上，波浪上，升在空中，无处不在！

——介乎这些神祇，坐着各种风仙、星仙，各月各日以及其他万千的神祇！他们有无数的容颜，有迅速的变化。这里就是一个，由鱼变成乌龟，添上一只野猪的头，一个侏儒的身干。

安东

——为了什么？

伊拉芮影

——为了重新树立平衡，为了抵御罪恶。不过，生命自行消蚀，形象自行腐朽；他们必须在变化之中演进。

一个赤身男子

忽然出现，盘起腿，坐在沙子中间。

一个大光轮，悬在他的身后颤动。他黑发卷成的小环，发出天青色的光芒，层次分明，围绕着脑盖突起的地方。他的胳膊长极了，直直垂在他的两旁。手心摊开，两手平平放在大腿上面。他的脚底露出两颗太阳的形象。他完全不动，——迎住安东和伊拉芮影，四周全是神祇，在山石上比次排好，犹如一家马戏场的位次。

他的嘴唇半开，发出一种幽深的声音：

——我乃大布施，普渡众生，不问信否，向一切男女说法。

——我发宏愿，投生人间，救此尘世。临别依依，众神哭泣。

——其初我觅一于我相宜之女子：武人之裔，王者之妻，姿美性良，脐窝深广，身体坚似金钢；时当满月，不假男子，我即投胎伊腹。

——我破右胁而出。星曜皆为停止。

伊拉芮影

齿间呢喃作声：

——“他们看见那星，就大大地欢喜。”①

安东更加用心观看。

佛

继续道：

——喜马拉雅山腹，有一百龄修士，奔来见我。②

---

① 《新约·马太福音》第二章第十节。

② 有一百龄修士，奔来见我：按《释迦谱出因果经》云：“有一阿私陁仙人，居在香山，……以神通力腾虚而来……‘我今年寿已百二十’……”或即一人。

伊拉芮影

——“有一个人名叫西面……知道自己未死以前，必看见主所立的基督。”①

佛

——尔时我既入学，所知多于教师。

伊拉芮影

——“……坐在教师中间，……凡听见他的，都稀奇他的聪明。”②

安东做手势叫伊拉芮影住口。

佛

——尔时我在花园，长日思维。树影皆移；唯荫我之树，影则不移。

——诸凡经籍知识，原子枚举，象之驯使，蜡之制作，天文星象，诗歌拳击，一切操练，一切艺术，我之所知，无与伦比！

——我乃循俗娶妻，日居王宫；珠衣蔽体，香雨薰身，并有三万三千妇人，持扇驱蝇，挥扇成风，我则身据高楼，远瞩吾民，楼有铃铛，回环交鸣。

---

① 《路加福音》第二章第二十五与第二十六节。全文作：“在耶路撒冷有一个人名叫西面，这人又公义又虔诚，素常盼望以色列的安慰者来到，又有圣灵在他身上。他得了圣灵的启示，知道自己未死以前，必看见主所立的基督。”

② 《路加福音》第二章第四十六与第四十七节。全文作：“过了三天，就遇见他（耶稣）在殿里，坐在教师中间，一面听，一面问。凡听见他的，都希奇他的聪明和他的应对。”

——唯睹人世愁苦，思我独乐，心为不欢，我即只身逃脱。

——尔时我沿路行乞，衣服褴褛，取诸坟墓；尔时有一隐士，学高道邃，我发宏愿，供伊驱使，为伊守门洗足。

——一切感觉，一切喜悦，一切疲倦，俱乃绝灭。

——尔时排除万虑，思路广阔，我即稔知万物成因，形色皆幻。

——为时无几，我已尽穷婆罗门之学。彼等貌为严肃，内则贪婪，以粪涂身，枕彼荆棘，思藉死径，达于极乐！

伊拉芮影

——“假冒为善的法利赛人，粉饰的坟墓，毒蛇的遗种！”①

佛

——尔时我亦忍苦修行，耸人听闻——日仅食米一粒，彼时米粒，大亦如今；——毛发尽脱，身体变黑；两目陷入眶内，犹井底所见星宿。

——我唯静坐不动，听彼蚊蝇狮蛇骚扰；或当炎阳，或值暴雨，风雪雷雹，我皆一一承受，并不用手掩蔽——如是六年。

——过往行客，以我已死，每拾泥土，自远投掷！

——尔时魔王尚未试我。

---

① 《马太福音》第二十三章第二十七节。全文作：“你们这假冒为善的文士和法利赛人有祸了！因为你们好像粉饰的坟墓，外面好看，里面却装满了死人的骨头和一切的污秽。”法利赛人是犹太教的一派，传统派，外表上严饬，内则腐朽，所以耶稣劝人不要相信他们，后来法利赛人坚持钉死耶稣。

——我即唤彼前来。

——其子便来，——面容奇丑，身披鱼鳞，腥臭作恶，如入尸窟；或作狼嗥，或作蛇声，或作牛鸣，并有铠甲尸骨，交相错响。或鼻孔喷出火焰，或两翼遮成黑暗，或念珠以断指串成，或于手心啜饮蛇毒；有作猪头，有作蛙头，有作犀牛头，千形万状，可憎可怖。

安东

自语：

——从前我也经到这个！

佛

——彼复遣女俱来——美颜丽色，敷粉涂红，腰束金带，牙白如茉莉，臀圆似象鼻。或呵欠伸臂，展露肘窝；或眉目示意，或笑靥传情，或半解衣裳。有赧颜少女，有傲色命妇，并有后妃，行李众多，扈从甚盛。

安东

自语：

——啊！他也这样吗？

佛

——尔时克服魔王，我仅啖香料，十有二载；——既获五德、五能、十力、十八体，入世外四方，“颖悟”为我所有，我即正果成佛！

神祇全低下头；头多的神祇将所有的头同时低下。

他向空中举高他的巨掌，继续道：

——尔时超度众生，我乃作千百牺牲！我以绸袍、床、车、房舍、金银珠宝，与彼贫窭。我以手与无手之人，以腿与彼跛足之人，以瞳孔与瞽目之人；我复割头，贻彼断头之人。我在位时，纷举州邑与人；我奉婆罗门教时，曾未轻视一人。我为隐士时，贼来杀我。我以温语劝慰；我为虎时，忍饥不食，听我自毙。

——尔时我既现种种身，随宜说法，终至无事可为，完成大业！人、兽、众神、竹、海、群山、恒河沙粒，与夫无数星辰，均将死亡；——宇宙覆灭，仅一火焰，舞于废墟之上，伫候新生莅！

于是众神晕眩。他们蹒跚着，抽搐着，呕出他们的化身。他们的冠冕裂开，他们的旌旗飞掉。他们抓下他们的特征，他们的性别，由肩上扔掉他们啜饮长生不老的杯子，用他们的蛇自相绞扼，化做烟霞消灭掉；——等到一切不在了……

伊拉芮影

慢慢地：

——你方才看到亿万人的信仰！

安东伏在地上，手捧住脸。伊拉芮影站在旁边，背向十字架，看着他。

一段相当长的时间流过。

随后，出现一个奇怪的生物，鱼身人头。尾巴打着沙子，他在空中笔直走来；——他那副主教的尊容，带着许多小胳膊，把安东引笑了。

奥阿迺斯[①]

一种哀怨的声调：

——尊敬我！我和太初万物同时。

——我住在形体没有一定的世界，在不透明的空气重量之下，在黑暗的波涛的深处，雌雄同体的动物在这里沉沉睡着——手指、鱼鳍和翅膀混淆不分，软体动物一样没有头的眼睛漂来浮去，其中还有人脸的公牛和狗爪的蛇。

——奥媢洛喀[②]弯成一个圈子，把她的妇女身子在这些生物上面伸开。可是巴力把她砍做两截，一半造地，一半造天；这两个相同的世界遥遥对望。

——我哪，“混沌”的最早的意识，跃出深渊来坚定物质，来调节形体；我教人类捕鱼、播种、写字和神祇的历史。

——从此以后，我便在洪水遗留的池沼过活。不过四外的沙漠扩大了，风把沙子吹进池沼，太阳又把池沼吸干；——于是，隔着水，望着星宿，我死在我的泥床之上。我回去了。

他跳进尼罗河，不见了。

---

① 奥阿迺斯：又作艾阿（Ea），迦勒底人的神祇，半人半鱼，相传从波斯湾上来，以各样技艺教人。

② 奥媢洛喀：一条象征“混沌”的龙。迦勒底人传说，巴力把她斫成两截，创造天地。

伊拉芮影

——这是迦勒底人的一尊古神。

安东

嘲弄地：

——那么巴比伦的神祇又将如何？

伊拉芮影

——你可以看见！

他们来在一座方塔的平台上面。方塔下面又有六座塔，越高越窄，形成一座异常的金字塔。他们辨出下面一大堆黑东西——不用说，是城了——在平原展开。空气是冷的，天是一种深蓝色，无数星宿在跳动。

在平台中心，立着一根白石柱子。好些教士穿着麻布袍子，在附近来来往往，为了根据星宿的变动，画出一个运行的圈子；然后，仰起头，他们观察星象。

伊拉芮影

指点若干星宿给安东看：

——这里有三十颗主星。十五颗瞭望地的上半，十五颗瞭望地的下半。每隔一定时间，上方便有一颗投往下方，而下方也有一颗离开，升到上方。

——七座行星之中，两座有利，两座有害，三座模棱两可；人世一切，无不有赖于这些永生之火。依照它们的位置和行动，人能够有所预测；——如今你登践的正是大地最尊贵的地方。皮塔高尔和曹罗阿斯屯①在这里会过面。为了接近神祇，这些人观天已经有一万二千年了。

安东

——星宿不是神祇。

伊拉芮影

——他们说，是的！因为万物环绕我们的四周；和永恒一样，天保持不变！

安东

——无论如何，他有一位主宰。

伊拉芮影

指着柱子：

——这就是巴力，最初的光辐，太阳，男性！——另一位，承受繁殖，在他下面！

安东望见一座灯火辉煌的花园。

他在一条扁柏林道的一群人中间。左右全有小径，通到好些筑在石榴树林的茅舍，茅舍四周围着芦苇篱笆。

大多数男子，戴着尖顶帽，穿着孔雀羽一样的花袍子。其中北

① 曹罗阿斯屯（即琐罗亚斯德——编者）：或作苏鲁支（Zarathustra），相传是波斯教（又称拜火教或袄教——编者）的创立者，约当纪元前一千年左右。他以为一切全是相对的，犹如清浊水火生死，宇宙有善有恶。象征善的是奥尔穆士，象征恶的是阿芮芒。善恶相争，最后胜利终属于善。

Giricud

方人穿着熊皮，游牧人穿着棕色羊毛大衣，苍白的恒河人戴着长耳环；身份和国别全混淆不分，有些王公戴着红宝石冠，握着柄把雕镂的长杖，和水手、石匠在一起挨挤。大家张开鼻孔，摄于同一的欲望。

他们不时散开，好让一辆覆蔽的长牛车过去；或者是一匹驴，背上摇摇摆摆坐着一个裹了一身纱的女子，同样向着茅舍消逝。

安东害怕了，想回身走开。不过他敌不住一阵不可表达的好奇心。

在扁柏根旁，妇女成排蹲在鹿皮上面，头上没有帽子，挽着一圈绳结。有些妇女衣著华贵，高声呼唤行人。最羞怯的，把脸藏在胳膊底下，后面一位年长的命妇（不用说，是她们的母亲了）在劝勉她们。有些妇女，头包着一幅黑巾，身子完全赤裸，远看仿佛一尊一尊肉像。只要男子望她们的膝头扔钱，她们就站了起来。

树叶下面可以听见吻声，——有时一种高而且尖的呼声。

伊拉芮影

——这些是巴比伦的姑娘，为女神卖淫。

安东

——什么女神？

伊拉芮影

——这里就是！

他让他看林道底，在一座亮晶晶的洞口，有一块石头象征女性器官。

安东

——烂污！叫神也有性别，多可恶！

伊拉芮影

——你何尝不是活人一样来想象神祇！

安东发觉自己在黑地。

他望见空中有一个亮圈，放在好些和地一样平的翅膀上面。

这指环一样的东西，仿佛一根松松的腰带，围住一个矮小的人。他戴着一顶法帽，捧住一个花冠，下身消失在裙裾一样展开的大羽毛之下。

这是波斯人的神，

奥尔穆士[①]

一壁飞翔，一壁呼喊：

——我害怕！我瞥见他的嘴了！

——我克服了你，阿芮芒[②]！可是你又来了！

——起初，你反抗我，弄死了最年长的动物，人牛喀伊澳毛慈[③]。其后，你引诱人类最初的夫妇麦斯加和麦斯姬阿迺；你拿黑暗散进人心，你把你的兵士驱往上天。

——我有我的兵士，星宿的人民；我从我的宝座往下观看所有

① 奥尔穆士：波斯人的善神，一个理想的神祇，犹如全能的耶和华。

② 阿芮芒：波斯人的恶神，魔鬼的领袖。

③ 喀伊澳毛慈：波斯人以为他是地上出现的第一个动物。

贵贱的星辰。

——米塔，我的儿子，住在一个足迹不到的地方。他在这里接收灵魂，放出灵魂，每天早晨起来发散他的财产。

——地面映出上苍的光辉。火在山头熠耀，——征象我创造万物的另一团火。担心垢污，死人不用火烧，鸟把它们衔上天去。

——我调整牧场、农田、牺祭用的木材、杯盏的样式、醒时应说的语言；——我的教士不断在祈祷，为了敬礼获有上帝的永恒。人用水洗净自己，面包献上供桌，高声忏悔自己的罪恶。

——郝马[①]为了把力量过给人们，拿自己供他们啜饮。

——天上的神祇和妖魔交锋的时候，伊兰[②]的子孙也在追逐蛇蟒。国王有无数廷臣跪着侍奉，他象征我的身体，戴着我的冠冕；他的园囿具有天堂乐土的富丽，他的陵墓画着他在宰杀妖怪，是“善”歼灭“恶”的标志。

——因为我应该有一天，依仗无限的时间，完全把阿芮芒克服。

——不过介乎我们二者的间隔消逝了；夜上来了！到我这里来呀，阿穆沙斯劳[③]，伊晒[④]，率鲁艾[⑤]！救我呀，米塔！拿起你的

---

① 郝马：波斯人祭神用的酒，本文这里看做一位神祇。
② 伊兰（今译伊朗——编者）：即波斯。
③ 阿穆沙斯劳：奥尔穆士的儿子，波斯不朽的七圣之一。
④ 伊晒：波斯语的“神祇”。
⑤ 率鲁艾：波斯教的天使。

剑！喀奥西亚克[1]，你应当回来解救全世界，保护我来吧！怎么？……一个也不见！

——啊！我死了！阿芮芒，你胜利了！

伊拉芮影，在安东后面，忍住一声欢呼——奥尔穆士跳入黑暗。

于是出现

以弗所高大的狄亚娜

黑皮肤，珐琅质的眼睛，肘节贴住两胁，下半胳膊向外伸出，两手摊开。

好些狮子爬上她的肩膀；果实、花和星曜在她的胸上交割；再往下去，列着三排乳峰；由腹到脚，裹进一个窄鞘，好些公牛、鹿、林鸮、蜜蜂从这里探出半段身体。——她的头后挂着一个银盘，圆如满月，微微发出白光，隐约把她映照出来。

——我的人民在什么地方？

——我的阿马松[2]全在什么地方？

——我怎么了……我，不可毁灭，如今竟然四肢无力！

她的花凋了。她的果实熟透了，落了。狮子、公牛垂下颈项；鹿吐着口沫，奄奄待毙；蜜蜂营营作声，死在地上。

她一个挨一个挤着她的乳头。全瘪了！她发狠使力，鞘断了。

---

① 喀奥西亚克：相当于犹太人的弥赛亚，波斯人的基督。

② 阿马松：古代希腊神话里的一个妇女部落，好战，相传住在加帕多嘉境内。这里借做女兵的意思。

她伸臂把它拾起，和提下摆一样，把她的禽兽花果扔进去，——随即重新返回黑暗。

远远有好些声音呢喃，似雷响，似狮吼，似鹿鸣，似牛叫。夜因嘘息而加厚。落下一阵热雨。

安东

——棕榈的馥郁，绿叶的战栗，泉源的清澄，都多好呀！我真愿意合身睡在大地上面，让我的心来感受；我的生命重新浸润在它永生的青春！

他听见响板铙钹的声音；——在一群乡下人中间，有些人穿着红飘带的白道袍，领着一匹鞍韂富丽的驴子，尾巴绕着绦带，蹄子绘着花纹。

一个匣子，上面覆着黄色的土布罩子，在它的背上两只篮子中间晃动；一只篮子装着上供的东西：鸡蛋、葡萄、梨和干酪、家禽、制钱；第二只盛满了玫瑰，领驴的人们一边走，一边拿花往前面撒。

他们戴着耳环，披着宽大的外衣，头发编在一起，两颊打着胭脂；一顶橄榄冠，在前额用一个雕着小像的纪念章锁住；腰带佩着匕首；他们摇着乌木把的鞭子，每条鞭子有三根装饰小骨头的皮带。

最后护从的人们，往地上放着一棵烛台一样直的大松树。松树顶端燃着火，最低的枝子掩住一只小羊。

驴停住了。土布罩子掀掉，下面覆着一方黑毡的罩子。于是穿着白道袍的人们，摇着响板，舞将起来；另外一位，跪在匣子前面，敲着梗鼓①。

队中最老的人

开始道：

——这里是贤良的女神，伊达②的山神，叙利亚的祖母，向前来呀，众君子！

——她颁赏愉悦，医治疾病，馈赠产业，满足爱情。

——是我们不问阴晴，把她抬在四乡散步。

——我们常常睡在露天，也不是天天全有美食盛馔。树林住着强盗。野兽跑出它们的窝。光滑的小道贴近绝崖。她在这里！她在这里！

他们掀起覆盖的东西，露出一个嵌着小宝石的匣子。

——比柏树还要高，她在碧空盘旋。比风还要大，她环绕世界。她用老虎的鼻孔呼吸；她的声音在火山下面隆隆响动，她的忿怒就是狂风暴雨；她面色的苍白漂白了月亮。她让五谷成熟，她让树皮洋溢，她让芒刺生长。给她点儿东西吧，因为她憎恨吝啬！

匣子开了一半；在一幅蓝缎盖布下面，露出一尊西拜勒的小像，——全身金玉闪闪，戴着多层的塔冠，坐一辆红宝石车，驾着

① 梗鼓：一种圆柱形的长鼓。

② 伊达：小亚细亚的一座山，靠近特罗亚。

两只前爪上举的狮子。

群众拥上前来观看。

何尔其·贾勒[①]

继续道：

——她爱打琴的回响，脚的顿踏，狼的嗥叫，洪朗的峰峦，幽深的山峡，杏树的花，石榴和绿的无花果，回旋的舞蹈，呜呜的笛子，甜甜的树液，咸咸的眼泪，——还有，血！为你！为你，山母！

他们用鞭抽打自己，胸口振振有声，梗鼓的皮快要颤裂了。他们拿刀割自己的胳膊。

——她忧愁；让我们也忧愁吧！讨她欢喜，我们必须受苦！这样一来，你的罪孽就赦免了。血洗去一切；扔你的血滴，和扔花一样！她要另外一位——一位纯洁者的血！

何尔其·贾勒拿刀举向绵羊。

安东

大为惊骇：

——别杀羔羊！

一股赤血喷出。

教士将血洒向群众；大家——包含安东和伊拉芮影——全排好围住那棵燃烧的树，静静观察牲口最后的跳动。

---

① 何尔其·贾勒：西拜勒的大祭司，就是前述队中最老的人。

教士中间走出一位“女子”，——完全和关在小匣里面的偶像一样。

她停住了，瞥见一位“青年”，戴着一顶弗吕嘉帽子。

他穿着一条窄裤，这里那里，有好些整齐的菱形开口，用彩色的结子扎住。他用肘节靠住树的一枝，握着一管笛子，一种萎靡的姿势。

西拜勒

两只胳膊围住他的腰：

——我经过所有的地域——和荒旱蹂躏的田野，为了同你结合。你欺骗我！管它哪，我爱你！暖暖我的身子！让我们合在一起吧！

阿提斯①

——春天再也不会回来了，噢，永生的母亲！我虽说爱你，钻不进去你的本质。我倒愿意穿一件著色的袍子，和你的袍子一样。我羡嫉你奶水胀起的乳头，你头发的长度，你生儿养女的粗腰。我是你多好！我是女人多好！——不！永不！走开！我厌憎我的阳性！

他用一块尖锐的石片去掉他的阳势，随后往空里举起他割下的东西，气急色败，跑将起来。

教士模仿神的做法，信徒模仿教士。男男女女交换衣服，抱做

---

① 阿提斯：小亚细亚的春神。

一堆；——血肉模糊的漩涡去远了，然而声音总在，和出殡之时听见的声音一样，越发锐厉。

一个张着绯幕的灵台，顶端放着一张乌木床，四周围着蜡烛和银线细工的篮子，篮子盛着绿油油的莴苣、锦葵和茴香。台阶从上到下，坐着女人，穿一身黑，腰带松开，赤着脚，忧郁的样子握着大捧花。

台子四角，靠地放着白玉瓶，盛满了徐徐焚烧的没药。

床上露出一个男子的尸首。大腿有血流出来。臂虚悬着；——一只狗，号着，舐他的指甲。

妇女的啼哭停住；静默了一时，

全体

同时歌颂道：

——美呀！美呀！他真美呀！睡够了，抬起头来！站直了！

——闻闻我们的花！这是水仙和秋牡丹，从你的园子采来讨你欢喜的。活过来呀，你让我们害怕！

——说呀！你要什么？你想喝酒吗？你想睡在我们的床上吗？你想吃小鸟样式的蜜糕吗？

——搂紧他的腰，吻他的胸呀！看呀！看呀！你觉得出我们戴指环的手指抚摸你的身体，我们的嘴唇寻找你的嘴，我们的头发拂过你的大腿吗？晕过去的神呀，不闻不问我们的祈祷！

她们尖声呼唤，用指甲抓破自己的脸，随即缄默了；——一直听见狗的嗥叫。

——哎呀！哎呀！黑血流上他雪样的肉！如今他的膝盖弯曲了；他的胁陷下去了。他脸上的花湿了绯幕。他死了！让我们哭吧！让我们伤心吧！

她们排成一行，依次走来，把她们的长头发放在蜡烛之间，远远望去仿佛黑或金黄色的蛇；——灵台渐渐低下去，低到和一个山洞相平，一个在后方张开口的黑暗的墓穴。

于是

一位女子

俯在尸首上面。

她的不曾剪短的头发，从头到脚把她包住。她的眼泪多极了，她的痛苦不和别人的痛苦相仿，超乎人类，臻于无限。

安东想到耶稣的母亲。

她开口道：

——你从东方逃出来，把沾着露水颤索的我抱在你的胳膊，噢，太阳！好些鸽子在你大衣的天青上面飞翔，我们的吻把风带进树叶；我不顾一切依从了你的爱情，享受我的失身的愉快。

——哎呀！哎呀！为什么你要跑上山去？

——一只野猪秋分时节伤了你！

——你死了；泉水哭着，树木遥相倾斜。冬天的风吹进赤裸裸的荆棘。

——黑暗既然把你遮住，我的眼睛也就要合拢了。如今，你住到世界的另一端，靠近我的更有力的情敌。

——噢！牌赛否娜[①]，美的呀都归你，再也不回来了。[②]

她说话的时候，她的伴侣举起死人，放下墓穴。他停在她们的手心。这只是一具腊制的尸首。

安东看见，心头一阵舒适。

全消灭了；——茅庐，山石，十字架重新出现了。

不过他辨出尼罗河对岸有一位“女子”。——站在沙漠中间。

一幅长黑纱遮住她的面孔，她用手握住它的下梢，同时左臂抱着一个喂乳的婴儿。旁边沙上蹲着一只大猿。

她仰头向着天；——距离虽远，她的声音可以听见。

伊西丝[③]

——噢，奈丝[④]，万物的肇始！阿蒙[⑤]，永生的主宰！菩塔[⑥]，

---

① 牌赛否娜（即冥后珀耳塞福涅——编者）：希腊人的地狱的皇后，相当于罗马的浦罗赛娉。

② 说这段话的女神是维纳丝。死者是阿道尼斯，著名的希腊美男子，喜狩猎，被一只野猪咬死。维纳丝非常爱他。

③ 伊西丝：埃及的女神，奥西芮斯的孪生姐妹和妻室，象征丰富的自然，参见本书第二章对阿鲁比斯和奥西芮斯所作的注释。

④ 奈丝（又译涅伊特——编者）：埃及三角洲西部的萨伊司（即塞易斯——编者）居民膜拜的女神。

⑤ 阿蒙：创造万物的神祇，极受埃及戴布司（又译忒拜或底比斯——编者）的居民崇敬。

⑥ 菩塔：埃及曼菲司的主要神祇。相传神由他的口里出来，人由他的眼里出来。

造物主！陶斯[①]，智慧之神！阿芒提[②]的神祇！劳穆[③]的地方三神！碧空的苍鹰！庙旁的司凡克司！栖在牛角之间的白鹤！行星！星座！堤岸！风的呢喃！光的闪灼！告诉我呀，奥西芮斯在什么地方？

——我到所有的运河和所有的湖泊寻找他，——还要远，直到腓尼基的毕布劳司[④]。阿鲁比斯竖直耳朵，围住我跳跃，吠叫，拿嘴搜索一丛丛的柽柳。谢谢，好狒狒，谢谢！

她和颜悦色轻轻拍了两三下猿头。

——可憎的红毛提丰[⑤]杀了他，砍成碎块！我们寻见他的四肢。可是我如今失却让我怀孕的男子！

她发出凄厉的哀号。

安东

恼怒上来。他咒骂她，拿石子投她。

——不知羞耻的东西！滚开！滚开！

伊拉芮影

——尊敬她吧！这是你祖先的宗教！你在摇篮佩过她的符箓。

---

① 陶斯（又译托特——编者）：埃及的智慧神和月神，因为月是时间的衡度，所以又是测量之神，引申成一切文艺之神。

② 阿芒提：埃及人以为阿芒提是人死后，灵魂去受奥西芮斯审判的地方。

③ 劳穆：古代埃及设立的省区。

④ 腓尼基的毕布劳司：腓尼基是叙利亚临近地中海东岸的一个狭长地带。居民喜航海，善经商。毕布劳司是腓尼基的一个商埠，在西顿（又称赛达，现属黎巴嫩——编者）以北。

⑤ 提丰：埃及的恶神，杀掉他的兄长奥西芮斯。

Girieud

伊西丝

——从前，夏天来了。大水把不洁的走兽赶往沙漠。堤开了，船在一起击撞，喘吁的土地醉醺醺啜饮河流，你有公牛犄角的神呀，在我的胸脯上面把你摊开——远远可以听见永生的母牛呼号！

——随着季节的交替，播种、收割、打谷、酿酒，依次相承。大的星宿耀在永久清明的夜晚。白昼沐浴在一种不易的光辉。在地平线的两边，仿佛一对王室夫妇，可以看见“太阳”和“月亮”。

——我们两个人，双生的君王，自从永恒孕育以来便是夫妇，坐在一个更崇高的世界，——他哪，握着一柄库库发头[①]的权杖，我哪，握着一柄莲花的权杖，两个人手挽手，站在一起；——帝国的倾覆改变不了我们的姿势。

——埃及铺在我们下面，琳琅严肃，长长好像一座庙宇的画廊，右面是方尖塔，左面是金字塔，中间是它的迷宫，——处处是奇禽异兽的林道，森林一样的柱子，屏翼墓门的沉重的塔门，墓门顶端是在一对翅膀中间的地球。

——地球的黄道带的走兽在牧场放青，它们的形体和颜色充满了它神秘的文字。犹如一年分做十二个月，——每月每日，各有自己的神祇，——它被分做十二宫，重新描摹上天不变的法序；人断气的时候，面貌依然不改；但是，浸着香料，变为不可毁灭，他要在另一个缄默的埃及长眠三千年。

---

① 库库发头：一种犬或豺狼的头（又说是猎兔狗的头——编者），雕在埃及神祇帝王的权杖上面。

——那另一个埃及，比这个埃及还要广大，横在地的下面。

——你可以沿着梯子下到下面好些大厅，那里面重新呈现善人的欢悦，恶人的痛苦，一切在目不可睹的第三世界的事变。沿墙好著色的棺椁，死人在里面等候轮到他们；灵魂免去徙移，继续长眠，直到另一个生命苏醒。

——不过，奥西芮斯有时候回来看我。他的魂魄让我成为哈包克辣特①的母亲。

她端详婴儿。

——和他一模一样！他的眼睛；他的头发，编成公羊犄角的样式！你有一天要继续他的工作。我们有一天要莲花一样开放。我永久是伟大的伊西丝！还没有人揭开我的面纱！我的果实就是太阳！

——春天的太阳，云来掩住你的面孔！提丰的嘘息吞掉金字塔。就是方才，我看见司凡克司逃走，豺狼一样奔窜。

——我寻找我的教士，——我的教士披着麻布大衣，荷着高大的竖琴，带着一只神秘的小艇，艇边镶着好些祭祀用的银器。湖上再也没有庆典！我的三角洲②也不再灯火辉煌！菲赖岛③也看不见一杯杯的牛奶！阿皮斯④许久不见露面。

---

① 哈包克辣特：奥西芮斯和伊西丝的儿子，大了改名荷鲁斯，替他父亲复仇，所以通常譬做晨阳。

② 三角洲：尼罗河下游分道入海形成的岛屿。

③ 菲赖岛：尼罗河上游的岛屿（相传是伊西丝女神的圣地，因庙宇多而被称为庙岛——编者）。

④ 阿皮斯：曼菲司地区崇拜的神牛，是奥西芮斯在人世的标识。参阅本书第一章注“赛辣皮斯”。

——埃及！埃及！你高贵的神祇，动也不动，肩头被鸟粪落成了白色！风刮过沙漠，卷起你子女的骨烬！——阿鲁比斯！魂魄的保护人，不要离开我！

狒狒消逝了。

她摇撼她的婴儿。

——可是……你怎么了？……你的手冰冷，你的头垂了下来！

哈包克辣特正好夭亡。

于是她冲空里疾声一呼，又尖，又悲，又惨，安东不由回应一声，伸出胳膊去扶她。

她不在那里了。他低下头，不胜其羞愧。

他适才看见的一切混入他的精神。这仿佛旅途的惊愕，醉倒的杌陧。他想憎恨；然而一种朦胧的怜悯，软下他的心肠。他痛哭了。

伊拉芮影

——是谁让你这样忧愁？

安东

心下寻思了半晌：

——我想到所有毁于这些虚伪的神祇的灵魂！

伊拉芮影

——你不觉得他们……有时候……和真正的神祇相似？

安东

——这是魔鬼更好引诱忠实信徒的一种狡计。他用精神攻打强者，用肉攻打弱者。

伊拉芮影

——可是淫佚到了极度，具有忏悔的无私无我的精神。身体的痴迷加速身体的毁灭，——以它的脆弱宣谕“不可能”的广大。

安东

——这同我有什么关系！当着这些禽兽似的神祇，要的总是屠杀乱伦，我从心作呕！

伊拉芮影

——想想《圣经》里面一切令你难堪的物事；难堪，因为你不知道怎样去了解它们。同样，这些神祇，形体虽说有罪，能够容纳真理。

——有的是神祇可看。你回过身子来！

安东

——不！不！这太冒险！

伊拉芮影

——你方才还想认识他们。难道这些谎言谎语也会摇动你的信仰？你害怕什么？

安东面前的石头变成一座山。

一排浮云切去半山；上面更有一座全绿的大山，或谷或壑，大小不一，山顶是一座桂林，当中有一座金瓦象牙柱头的古铜宫殿。

正殿中央的宝座，坐着半身赤裸、巨灵似的裘彼特，一手握着

Girieud

胜利，一手握着电光；他的鹰扬起头，站在他的两腿中间。

裘龙[①]，在旁边转动她的大眼睛。她戴着皇冕，垂下一块面纱，迎风飘扬，仿佛一片水汽。

后面，米迺尔甫，站在一个座子上面，倚住她的长矛。高尔贡[②]的皮护住她的胸口；一件褶纹匀整的麻布坎肩，一直下来垂到她的足趾。她的帽檐下面亮晶晶的海青眼睛，一瞬不瞬，远远向外望去。

在宫殿右面，年老的赖浦土恩[③]跨着一只海豚。海豚的鳍打着一大片浅蓝，是天也许是海，因为海水远远连起碧空，混成一片。

在宫殿左面，粗犷的浦路东[④]披着夜色的外衣，戴着一顶钻石王冠，握着一根乌木权杖，坐在司梯克司河[⑤]环绕的一座小岛中央；——这条阴暗的幽灵河的河水流向黑暗，它在绝崖下面形成一个大黑窟窿，一个没有形体的无底深渊。

---

① 裘龙：裘彼特的姊妹，同时也是他的妻室，忠贞不贰，成为已婚女子的保护者，原名 Hera。

② 高尔贡（即戈尔贡——编者）：希腊神话里的妖怪，共总姊妹三个，能够把看她们的人变成石头。其中一位叫做麦都丝（即美杜莎——编者），貌美发长，不幸得罪了米迺尔甫，把她的头发变成一团可怕的蛇。牌尔塞（即帕尔修斯——编者）斫下她的头，献给米迺尔甫，镶在她的盾牌上面。

③ 赖浦土恩：希腊的海神，水手渔夫的保护者，在希腊原名是 Poseidon（波塞冬——编者）。

④ 浦路东：赖浦土恩的兄弟，阴曹的统治者，在希腊原名是 Hades（哈迪斯——编者）。

⑤ 司梯克司河：希腊神话中的冥河，环绕地狱七遭。

马尔斯[1]披着铜铠，忿忿然，舞动他的大盾和剑。

海尔库勒[2]，地位低些，靠住他的棍棒望着他。

阿波龙，容光焕发，伸长右臂，引导四匹奔驰的白马；赛奶丝乘着一辆驾牛的四轮车，握住镰刀，向他走来。

巴苦斯[3]来在她的后面，乘着一辆低低的二轮车，由猞猁缓缓拖着。肥胖，没有胡须，额头缠着葡萄枝叶，他捧着一双耳爵满溢的酒过来。席奈[4]骑着一匹驴子，在他的身旁蹒跚。尖耳的潘[5]吹着席南克司[6]，米玛隆奶伊德打着鼓，麦娜德撒着花，巴康特[7]披散头发，头向后仰，旋转着。

狄亚娜挽起长袍，同她的南芙[8]们走出树林。

乌勒看[9]和一些喀毕尔在洞底打铁；好些年老的福勒巫[10]或远或近，肘子支住绿茸茸的石头，洒着他们瓶里的水；缪斯[11]站在山

---

① 马尔斯：裘彼特和裘龙的儿子，希腊的战神，在希腊的原名 Ares（阿瑞斯——编者）。

② 海尔库勒（即赫拉克勒斯，又称赫丘利——编者）：希腊神话中最著名的英雄，号称大力神。

③ 巴苦斯：希腊的酒神，在希腊的原名 Dionysus（狄俄倪索斯——编者）。

④ 席奈：弗吕嘉的神祇，希腊神话中的丑角，抚育大巴苦斯。

⑤ 潘：希腊的牧神，羊角羊脚，生息于山林之间。

⑥ 席南克司：牧神的七管笛。

⑦ 米玛隆奶伊德、麦娜德、巴康特：酒神巴苦斯的女祭司。

⑧ 南芙：希腊神话中的仙女，散居山林水野之间，类别很多。

⑨ 乌勒看：裘彼特和裘龙的儿子，火神，同时也是匠神，相传他在奥林普山上有一家铁铺。希腊原名 Hephaistos（赫菲斯托斯——编者）。

⑩ 福勒巫：河神。

⑪ 缪斯：希腊罗马的九位文艺女神。她们都是姊妹，司掌历史、音乐、喜剧、悲剧、跳舞、挽歌、抒情诗、天文与史诗。

谷唱歌。

身量相等的赫尔[①]，彼此手挽着手；麦尔库尔，脚上长着翅膀，戴着有翅膀的圆帽，拿着他的蛇杖，斜挂在一道虹上。

然而，在神梯的高处，在羽毛一样柔的云端（它一旋转，玫瑰花纷纷下落），维纳丝·阿纳狄姚脉娜[②]照着镜子；她的瞳孔在微微沉重的眼帘下面懒洋洋地溜来溜去。

金黄色的浓发卷下她的肩膀，乳峰小，腰身瘦长，肥大的屁股好似里拉琴的曲线，大腿滚圆，好些肉窝围着膝盖，两脚纤小；离她的嘴不远，有一只蝴蝶蹁跹。身体的光辉把她的四周映成一道发亮的珠母似的光轮；此外的奥林普沐浴在一种破晓朦胧的朱色里，朱色渐渐达到蓝天的高度。

安东

——啊！我的心涨大了。一种我不认识的喜悦一直降到我灵魂的深处！这真美呀！这真美呀！

伊拉芮影

——他们俯立在云端，指挥战争；在道旁你可以遇见他们，在家里你可以具有他们；——这种亲昵神化了人生。

——人生的目的只在自由和美丽。宽大的衣服易于完成姿态的高贵；雄辩家对着海洋练习声音，所以声音发出冲浪的波涛，冲击

---

① 赫尔：时间之神。

② 维纳丝·阿纳狄姚脉娜：阿纳狄姚脉娜是“出水”的意思，表示维纳丝的出处。

大理石的廊庑。成年的壮丁涂了油，在大太阳地赤身格斗。最神圣的动作是曝露纯粹的形体。

——这些人尊敬妻子、老人、香客。在海尔库勒庙后面，有一座献给“怜悯”的祭坛。

——他们以花环绕指，献祭牺牲。甚至于回忆不含死人的腐朽。死人留下的只是一点灰烬。灵魂化入无边无际的以太，奔往神祇！

俯向安东的耳朵：

——而且他们永久活着！君士旦丁大帝膜拜阿坡龙。你将从撒摩特拉基的宗教看到“三位一体”，从伊西丝看到洗礼，从米塔看到赎罪，从巴苦斯的节祭看到一尊神的殉难。浦罗赛娉就是圣母！——阿芮斯泰[①]就是耶稣！

安东

低下眼睛；随后忽然背诵耶路撒冷信条[②]，——尽他记得起来的，——每说一句，叹一口长气。

——我只信一位上帝，天父——只信一位救主，耶稣基督，——上帝的长子，——托生为人，——十字架受难，——埋葬，——升天，——要回来裁判已死未死之人，——他的王国没有终结；——我只信一位圣灵，——只信一种悔罪的洗礼，——只信

---

① 阿芮斯泰：阿坡龙的儿子，教人育养蜜蜂，希腊的田神。

② 耶路撒冷信条：纪元后五〇到五二年，使徒在耶路撒冷举行会议公决的信条。

一座天主教的圣堂，——只信肉身的复活，——只信永生！

十字架立即高了，穿过浮云，往神祇的天空投下一片阴影。

全苍白了。奥林普山摇动起来。

安东辨出山脚好些锁在一起的高大身体，一半陷在山洞，或者用肩膀顶着石头。这些人属于提唐族①，皆昂族②，海喀东吉尔族③，席克劳浦族④。

一个声音

起来了，含糊，然而可畏，——仿佛波涛的喧哗、暴风雨之下树林的嘈杂、绝崖之间风的吼号：

——我们知道，我们知道！神应当完结。萨图恩毁掉乌辣鲁斯⑤，裘彼特毁掉萨图恩。他自己也要消灭。人人轮到；命该如此！

于是，一点一点，他们陷进山去，不见了。

同时，宫殿的金瓦飞了起来。

裘彼特

走下他的宝座。电光在他的脚边冒烟，好像一根将灭未灭的木柴；——鹰则伸长颈项，用嘴拾起落下的羽毛。

——那么，我不复是万物的主宰，希腊各族各部落至善至大的

---

① 提唐族：天与地的十二个儿子，反抗众神，他们聚山成梯，心想爬上天去。裘彼特把他们殛死。

② 皆昂族：类似提唐族的巨灵。他们打算推翻裘彼特，反被打下地狱去。

③ 海喀东吉尔族：是“天”乌辣鲁斯同“地”的儿子，有一百条胳膊的巨灵。

④ 席克劳浦族：前额只有一只眼睛的巨灵，在乌勒看的监工之下，给裘彼特制造雷电。

⑤ 乌辣鲁斯：希腊的天之神。

神，一切帝王的先祖，上天的阿嘉麦穆农①！

——神鹰呀，是艾乃布②哪阵风把你一直吹到我的身边？还是，从马尔斯的战地飞来，给我带来最末一个皇帝的灵魂？

——我不再要人的灵魂了！让大地留下他们罢，让他们和它的卑污在一起骚动罢。他们现在有了一副奴心，忘记凌辱、祖宗和誓言；到处得意的是群众的愚蠢，个人的庸俗，种族的丑恶！

他的呼吸掀动两胁，将要裂开；他扭动他的拳头。海拜③哭哭啼啼，献给他一只杯子。他抓住它。

——不！不！不管在什么地方，只要有一颗头具备思想，厌憎纷乱，孕育法则，裘彼特的精神就活着！

然而杯子是空的。

他用他的指甲慢慢把它弄歪。

——一滴也没有了！安布罗西④缺了，神也就走了！

杯子滑出他的手心；他靠住一根柱子，觉得自己离死近了。

裘龙

——你不应当见一个爱一个！鹰、公牛、天鹅、金雨、云、焰，你化做所有的形体，把你的光消耗在一切的物质，把你的头发

---

① 阿嘉麦穆农：麦遆拉斯的长兄，希腊征讨特罗亚的元帅。

② 艾乃布：希腊人地狱的名称。

③ 海拜：童神，裘彼特和裘龙的女儿。她司掌神的饮料，其后嫁给海尔库勒。

④ 安布罗西：天神的饮料，古人以为九倍甜于蜜，然而又有人以为它是精美食品，和甜饮遆克塔不同。

丢在所有的床上！这次离婚挽救不回了，——我们的统治，我们的存在消散了！

她往空里走远了。

米涅尔甫

长矛没有了；好些乌鸦，原先在柱头的雕刻里面搭窝，如今团团围住她，咬她的盔兜。

——让我看看我的船，破开熠耀的海面，有没有回到我的三座海口，让我看看为什么田野荒芜，并且雅典的女孩子们现在做些什么。

——在海喀东拜翁[①]那一月，官长和教士领着我的人民全向我走来。随后，长长几排姑娘，穿着金衫白袍，拿着杯子、篮子、阳伞，向前走来；随后是三百只牺牛、摇着绿树枝的老人、铠甲相触的兵士、唱赞美歌的壮丁、吹笛子的、弹里拉琴的、诗人、舞女；——最后，在一艘靠轮子滚动的三排橹战舰的桅杆上，张着一年来享用特别饮食的女孩子们为我刺绣的大帆；它在歌唱不停的行列中央，飘飘扬扬，走过所有的街巷，所有的空场，所有的庙宇，一步步踏上阿克罗包勒[②]山，轻轻拂过浦罗皮莱[③]，走进巴尔泰龙[④]。

——可是我感到一阵晕眩，我，智巧的女神！怎么，怎么，没

---

① 海喀东拜翁：古希腊雅典历的第一个月，相当于西历的七到八月之间。

② 阿克罗包勒：古代雅典的卫城，在一百五十尺高的山头建的砦堡，上面全是庙宇、纪念物和雕像。

③ 浦罗皮莱：雅典卫城的山门，大白理石建筑的廊庑，纪元前五世纪所建。

④ 巴尔泰龙：米涅尔甫的大庙，正在阿克罗包勒山头，希腊著名建筑雕刻家菲狄亚斯设计。

有一点思想！我如今比一个女子哆嗦得还要厉害。

她回身看见一堆废墟，大呼一声，不提防前额被击，仰身倒在地上。

海尔库勒

扔掉他的狮皮；两脚立定，弓起背咬住嘴唇，他用了绝大的力量顶住倾圮的奥林普。

——我曾经征服塞尔考浦[1]，阿马松，桑陶。我曾经杀了许多帝王。我曾经扭断阿开劳屋斯[2]的一只犄角。我曾经割断好些山，我曾经连接好些洋。我曾经解放被奴役的国家；我曾经使无人的原野人丁兴旺。我曾经走遍高卢人的土地。我曾经跋涉让人口渴的沙漠。我曾经保护神祇，我曾经解脱翁法娜[3]的羁绊。不过，奥林普太重了。我的胳膊没有力量。我死了！

山崩下来压死他。

浦路东

——这是你的错，安分屯影纳德[4]！你为什么下到我的帝

① 塞尔考浦：以弗所的妖精，半人半猿，海尔库勒把它们拴在一起。

② 阿开劳屋斯：希腊神话中的河神，人头牛身，前额有两个牛犄角，海尔库勒和他角力，拔下他一个犄角。阿开劳屋斯也是希腊西境的一条大河，即现今的阿克洛奥斯河。

③ 翁法娜：里第的女王。海尔库勒杀了他的朋友伊菲托斯，罚做三年翁法娜的奴隶，给她纺线织布，三年之后，他娶她为妻。

④ 安分屯影纳德：海尔库勒的绰号。海尔库勒是裘彼特和阿克曼（又译阿尔克墨涅——编者）的私生子。阿克曼是戴布司国王安分屯影（即安菲特律翁——编者）的妻室，所以海尔库勒有这样一个绰号。“纳德”是“属于”的意思。或者不如译作“小安分屯影”。

国来?

——啄食提替姚斯[①]脏腑的秃鹫举起头，唐塔勒[②]的嘴唇湿了，伊克西影[③]的轮子停了。

——同时，凯奶[④]伸出她们的爪子，想抓回灵魂；芙芮[⑤]绝了望，旋转她们头发里面的蛇；塞尔拜尔[⑥]被你用链子拴住，三张嘴溅着沫子喘哮。

——你把门敞开一半也不管。别人会跟随进来。人间的阳光射到了地狱尽头!

他沉进黑暗里面。

赖浦土恩

——我的神叉再也搅不起狂风暴雨。让人害怕的妖怪在水底腐烂了。

---

① 提替姚斯（又译提堤俄斯——编者）：一个凌辱拉陶娜（又译勒托——编者）的巨灵，并为此被打在地狱，永久有两只秃鹫啄他的肝脏。拉陶娜是裘彼特的情妇，阿坡龙和狄亚娜的生母。

② 唐塔勒（又译坦塔罗斯——编者）：里第的国王。神祇拜访他，他拿自己的儿子的四肢端上酒席，试验他们的真伪。裘彼特把他打下地狱，永久为饥渴所苦。

③ 伊克西影（又译伊克西翁——编者）：古代希腊拉皮特（即拉皮斯——编者）人的领袖，裘彼特恩准他在奥林普停留。因为对于裘彼特失敬，裘彼特把他打下地狱，拴在一只火轮上，永久转动。

④ 凯奶（即克蕾丝——编者）：夜神倪克斯的女儿，管辖死者的魂魄。

⑤ 芙芮：浦罗赛娉的女儿，共总姊妹三个，住在阴曹，惩罚人间的罪恶。希腊原名 Erinyes 或 Eumenides（厄里倪厄斯——编者）。

⑥ 塞尔拜尔（即塞伯拉斯——编者）：看守地狱的恶犬，有三只头、龙尾。相传只有海尔库勒能够驯服它，把它牵到阳间，再打发回阴曹。

——安分屯媞[①]的白脚在波涛上面奔驰；绿的奈赖伊德[②]隐隐在天边出现；一身鳞的西乃娜[③]，拦住船舶讲故事；年老的屯东[④]往介壳里面吹气；全死了！海的愉快不见了！

——我也不活下去了！让大洋重新盖住我吧！

他在天蓝之中消灭了。

狄亚娜

穿着黑衣服，站在她的变成狼的狗中间：

——我醉心于森林的独立，野兽的气味和沼泽的嘘息。我保护怀妊的妇女，她们生下死孩子。月亮因为巫婆的咒语颤索。我想望强暴和广大。我想喝毒药，把自己失迷在雾里、梦里！……

过来一阵云带走了她。

马尔斯

光着头，一身血：

——起初我一个人交锋，咒骂挑逗大队人马，任何国家也不在意，只求屠杀一个快活。

——随后，我有了伴侣。他们谐着笛子的声音走路，队伍整齐，步伐一致，高高的帽羽，斜横起长矛，盾护着前胸呼吸。他们

---

① 安分屯媞：赖浦土恩的妻室。

② 奈赖伊德：海神之一奈赖的五十个女儿，地中海的女仙，总称做奈赖伊德，或者“小奈赖”。

③ 西乃娜：海里的妖精，半女、半鱼或半鸟，住在意大利沿岸与喀浦赖岛之间，用她们的歌唱诱惑海上的旅客。

④ 屯东：赖浦土恩和安分屯媞的儿子。

冲进战场，鹰一样呼啸。战争有宴会的欢乐。三百人抵抗全亚细亚。

——可是他们又来了，那些野蛮人！百万百万地来，无数无数地来！既然数目、机器和诡计更为强壮，倒不如勇士一般死了吧！

他自杀了。

乌勒看

用一块海绵拭着四肢的汗水：

——世界冷了起来。必须弄热泉源，火山和地下翻滚五金的河流！——用力打！抡起胳膊！使出你们全身的力量！

喀毕尔锤伤自己，火星烧瞎他们的眼睛，于是一壁摸索，一壁失迷在影子里面。

赛奶丝

站在她的二轮车上。轮毂有翅膀扇动。

——停住！停住！

——排除外国人，无神论者，伊壁鸠鲁①的信徒和基督教徒，实在应当。如今篮子的神秘揭开，神龛亵渎，一切完了！

她跑着一个下坡路，——绝望，呼喊，抓自己的头发。

——啊！一片谎话！他们没有把达伊辣②还我！钟声叫我到死

① 伊壁鸠鲁：希腊的哲学家，生于纪元前三四一年，死于纪元前二七〇年。他在雅典讲学，以为快乐是人生的究竟，追求的鹄的。后人错会其意，解做生活的放佚，肉欲的争逐。

② 达伊辣：即浦罗赛娉，地狱的皇后。参阅第四章注浦罗赛娉。

亡那边去。这是另一个地狱尽头！去了不要再想回来。多怕人呀！

深渊吞下她去。

巴苦斯

发疯地笑：

——管它哪！阿尔孔特[①]的太太是我的女人！法律自己就在酩酊之中。到我这里来呀，新的歌和繁复的形体。

——吞下我母亲的火，流在我的血管。再烧得厉害些吧，哪怕我销毁了也好！

——男的，女的，我一律殷勤。我把我献给你们，巴康特！葡萄将缠绕树身！喊吧，跳舞吧，扭动身子吧！放开老虎和奴才！用你们凶猛的牙齿咬肉吧！

于是潘，席奈，萨提尔[②]，巴康特，米玛隆奶伊德和麦娜德，带着他们的蛇，他们的火把，他们的黑面罩，一壁互相投花，一壁吻着一根暴露的阳具，——击打起扬琴，敲着他们的替尔司[③]，彼此用介壳抛打，嚼着葡萄，扼死一只雄山羊，撕烂了巴苦斯。

阿坡龙

鞭打他的辕马，他的白发飞散：

---

① 阿尔孔特：古代希腊的执政官，其初是一个人，为期十年，后来改做九个人，每年一选。九位阿尔孔特，各有所司。第二位的称呼是“阿尔孔特王”，管理先王的宗教祭祀。据说每年他的夫人以一种神秘的仪式，嫁给巴苦斯。

② 萨提尔：巴苦斯的伴侣，尖耳朵，小犄角，羊腿，手里不是握着一只杯子，就是一管笛子，或者一根酒神杖。

③ 替尔司：巴苦斯和他的伴侣的酒神杖，顶端是松实，四周绕着葡萄和藤萝。

——我离开那座戴劳司[1]礁石岛，那样白净，那里一切如今全像死了；趁戴勒福司[2]的灵焰没有完全消散，我赶上前去。骡子嚼着它的桂树。皮娣失了本性，也不在了。

——加强努力集中，我可以得到壮丽的诗歌，不朽的制作；一切物质将被我齐特拉琴[3]的震颤透入！

他拨动弦索。弦断了，抽到他的面孔。他扔掉琴；气急色败，鞭打他的四匹辕马。

——不！形式足够了！还要高！一直到顶！到纯粹的观念！

但是马往后一退，扬起后腿，弄折了车；于是，夹在破碎的车辕和凌乱的鞍鞯当中，头朝下，他跌往深渊。

天发暗了。

维纳丝

打寒战，皮肤也冻紫了。

——我用我的腰带做成全海赖尼[4]的天边。

——它的田原开遍了我两颊的玫瑰，它的堤岸照着我嘴唇的样式修砌；它的峰峦，比我的鸽子还要白，在雕像人的手底下跳动。人在节祭的布置、发髻的安排、学者的对话、共和国的宪法，处处

---

① 戴劳司（即提洛岛——编者）：希腊东南的席克拉德群岛（即基克拉迪群岛——编者）中最小的一个，相传是阿坡龙和狄亚娜生长的地方，有一座著名的阿坡龙大庙。

② 戴勒福司：古代希腊的城市，参阅第四章注皮娣。

③ 齐特拉琴：古希腊一种拨弹的平置弦乐器。——编者

④ 海赖尼：即希腊，它的古名。

寻见我的灵魂。不过我太溺爱人类了！败坏我的名誉的正是爱情！

她向后仰起身子哭着。

——世界真正可憎。我呼吸的空气也没有！

——噢！麦尔库尔，里拉琴的发明者，灵魂的领导人，带我走吧！

她拿一个手指放在嘴上，接着划了一个大抛物线，跌进深渊。

什么也看不见。完全黑暗。

然而仿佛有两道红箭，从伊拉芮影的瞳孔射出。

安东

终于注意到他的高大的身材。

——已经有好几次了，你说话的时候，我觉得你大了起来；——这不是一种幻觉。是怎么一回事？解释给我听——你的身子让我害怕！

若干步子拢近。

——什么响？

伊拉芮影

伸开他的胳膊：

——看好了！

于是，藉着一道灰白的月光，安东辨出一队络绎不绝的客商，走过山尖；——一个挨一个，他们从绝崖跌进深渊。

领头是撒摩特拉基的三大神祇：阿克谢罗斯、阿克萧开罗斯、阿克萧开尔萨①，捆成一束，戴着紫面罩，举高他们的手。

艾斯库拉普忧郁的模样向前行走，甚至不曾看见撒摩②和泰莱斯弗尔③，引他们焦急探问。艾里司④城的骚息包里斯⑤，蟒的形体，盘成环向深渊卷动。道艾丝牌奶⑥，晕头晕脑，跳了进去。布芮陶玛尔娣丝⑦，又是害怕，又是呼号，抓紧她的网结。桑陶疾驰而来，乱七八糟滚进黑穴。

在他们后面，一瘸一跛，走着一队悲伤的南芙。草地的南芙一身尘土；树林的南芙让樵夫的斧子砍伤了，一壁流血，一壁呻吟。

皆鲁德⑧，司屯吉⑨，昂毕丝，所有阴曹的女神，交混起她们的铁钩、火把和蝮蛇，聚成一座金字塔；——塔尖铺着一张秃鹫皮，像绿头苍蝇一样浅蓝的尤芮闹穆⑩，坐在上面啃她自己的胳膊。

---

① 阿克谢罗斯、阿克萧开罗斯、阿克萧开尔萨：七个喀毕尔神祇中的三个。

② 撒摩：爱琴海东口的一个岛，皮塔高尔的生地，居民信奉裘龙。本文用作人名，待考。

③ 泰莱斯弗尔：艾斯库拉普的随从，管理身体复原。参阅第四章注艾斯库拉普。

④ 艾里司（即伊利斯——编者）：古希腊伯罗奔尼撒半岛西北部的城邑。

⑤ 骚息包里斯（即索西波利斯——编者）：古希腊保护城邑的神祇。

⑥ 道艾丝牌奶：古代希腊阿尔喀狄亚（即伯罗奔尼撒半岛中部的阿卡狄亚山区——编者）人信奉的女神。

⑦ 布芮陶玛尔娣丝：地中海基利底岛供奉的女神，类似狄亚娜。

⑧ 皆鲁德：赖司保司岛（在小亚细亚之西，今名）信奉的吸血鬼一类的鬼怪。

⑨ 司屯吉：吸血鬼一类的夜间的鬼怪，男女老少都有，盛行于四、五世纪，俄罗斯与希腊北部还有关于他们的传说。

⑩ 尤芮闹穆（即欧律诺墨——编者）：古代希腊的晨曦之神，大洋河流之神俄刻阿诺斯与海洋女神始祖忒提斯的女儿，三千海洋女仙之一。

随后，一阵旋风，同时不见了的有：嗜生的奥尔媞亚[①]，奥尔考麦[②]的西穆妮[③]，巴塔司[④]的拉芙芮亚[⑤]，艾金[⑥]的阿芬亚[⑦]，特拉基的邦狄丝[⑧]，鸟腿的司炭法利亚[⑨]。屯姚巴斯[⑩]的瞳孔不见了，只剩下三个眼眶。艾芮克陶尼屋斯[⑪]，腿软软的，好像一个没有腿的人，拄起手腕，匍匐而行。

伊拉芮影

——多幸福，不是吗？看他们全在卑贱和痛苦之中！随我到这块石头上来；你将和检阅军队的薛西斯[⑫]一样。

——那边，在遥远的雾中间，你没有望见那位金黄胡须的巨灵，扔下一把血染红了的剑？他就是西古提的茶勒冒克西斯[⑬]，介

① 奥尔媞亚：斯巴达的女神，每年当着她的祭坛，年轻人受鞭打，皮破血流，不许出声告饶，否则便是一生的污点。

② 奥尔考麦（即奥舍迈那——编者）：阿尔喀狄亚的城邑。

③ 西穆妮：狄亚娜的别称。

④ 巴塔司：古代希腊阿喀伊亚西北滨海的城邑。

⑤ 拉芙芮亚：类似狄亚娜的女神。

⑥ 艾金：邻近雅典的大岛。

⑦ 阿芬亚：狄亚娜的别称。

⑧ 邦狄丝：海喀蒂的另一名称。参阅第四章注昂毕丝。

⑨ 司炭法利亚：阿尔喀狄亚的女神，类似狄亚娜。司炭法勒是阿尔喀狄亚一个湖泊，相传海尔库勒除尽湖边的铁喙鹤，这种鹤也叫司炭法勒。司炭法利亚不知是否即司炭法勒。

⑩ 屯姚巴斯：小亚细亚西南革尼土的日神。

⑪ 艾芮克陶尼屋斯：屯姚巴斯的儿子，革尼土的神祇。

⑫ 薛西斯：纪元前四八五到前四六五年在位的波斯王，达利乌的儿子，平复埃及，其后远征希腊，全军覆没，自己仅以身免。参见第一章注达利克。

⑬ 茶勒冒克西斯：史乘说他和皮塔高尔同时或稍前，属于特拉基的皆提人（即下多瑙河一带的盖塔人——编者），去世以后，皆提人以为他没有死，敬礼如神。

乎两座行星：阿尔炭巴萨——金星和奥尔西劳凯——月亮。

——再往远去，探出灰白的云端，是希麦人膜拜的神祇，甚至于跨越屠莱[①]，依然为人膜拜。

——他们的大殿温暖；藉着挂在穹顶的剑光，他们用象牙犄角来饮蜜水。他们用魔鬼铸成的铜盘吃着鲸鱼的肝；或者，他们静静听着俘来的巫士用手弹奏石琴。

——他们倦了！他们冷了！雪加重他们熊皮的分量，他们的云鞋破了，露出他们的脚。

——他们哭着那些田野，从前他们登上了追寻两极的边涯，臂梢扛起和他们一同旋转的苍天。

一阵风霜把他们包住。

安东把眼睛低向另一侧。

他望见——红底子衬出一些黑轮廓——好些奇异的人物，戴着领罩、护手，互相抛球，你跳过我，我跳过你，做鬼脸，疯狂地跳舞。

伊拉芮影

——他们是艾土芮[②]的神祇，那数不清的伊萨尔[③]。

---

① 屠莱（又译图勒——编者）：苏格兰以北的一个岛，或即今日谢提兰（又译设德兰——编者）群岛之一。（另有说，图勒人是西伯利亚因纽特人的祖先；或指图勒岛是大西洋最南部的岛屿，南桑威奇群岛的一部分。——编者）

② 艾土芮（即伊特鲁里亚——编者）：古代意大利中部西岸一带土地，居民从小亚细亚迁来，在纪元前十五世纪左右，便有十二共和城邦同盟的组织。

③ 伊萨尔：艾土芮人的“神”的意思。

——这里是塔皆斯[1]，占卜的发明者。他打算用一只手增加天上的区分，另一只手拄着地。请他回到地里去吧！

——劳尔西亚[2]，望着庙墙，从前她往上面钉钉子，记忆年岁的数目。墙面钉满了，最后的世纪也完成了。

——好像两个遭到暴雨的旅客，喀斯土尔和浦鲁土克[3]战战索索，躲在一件大衣下面。

安东

闭住眼睛：

——够了！够了！

然而随着空中一片翅膀扇动的嘈杂声，飞过了来自喀彼陶勒[4]的所有胜利女神[5]，——她们用手掩住前额，臂上悬挂的战利品纷纷下坠。

雅鲁斯[6]——黄昏的主宰，骑着一只黑公羊逃走；他有两个

---

[1] 塔皆斯：裘彼特之孙。据云艾土芮某城有一农夫耕田，地下出来一个小孩，知识非凡。小孩即塔皆斯，启迪居民之后，不明去向。

[2] 劳尔西亚：艾土芮的茹西尼司城的女神，每年有人往她庙里墙上钉一个钉子。

[3] 喀斯土尔和浦鲁土克：艾土芮人对于喀斯陶和包路克斯（即卡斯托尔与波吕杜克斯，海伦的哥哥——编者）的称呼，他们是裘彼特和赖达（即斯巴达王后勒达——编者）所生的一对骈生兄弟。

[4] 喀彼陶勒：罗马城内的一个区（即卡比托利欧山，相当于卫城——编者），建有裘彼特、裘龙与米迺尔甫的庙宇。

[5] 胜利女神：主持战争的众多女神，有翅膀，手中捧着棕榈和王冠。

[6] 雅鲁斯：拉丁神话里最古的王。裘彼特把萨图恩赶出天国，后者来到拉丁，很受雅鲁斯礼遇，为了报答起见，萨图恩付给他一种法力，能够知道未来过去，所以通常把他看做两张脸。罗马人把他敬做年神。

脸，一个已经腐烂了，一个因为疲倦睡熟了。

苏玛努斯[①]——黑暗的天空的神祇，没有头，拿一块轮样的陈腐糕饼贴住他的心口。

外丝塔——在一座颓圮的穹顶下面，试想重新燃起她熄了的灯。

拜劳娜[②]——割开自己的两颊，然而没有血涌出来洗净她的信徒。

安东

——饶命吧！他们惹我厌烦！

伊拉芮影

——从前他们惹人开心！

于是，他让他看豆丛里面一个全身赤裸的“女子”——走兽一样四肢向下，一个黑皮肤男子跨在她上面，一只手一支火把。

——这是阿芮恰[③]的女神，和魔鬼维尔毕屋斯[④]在一起。他是她的司铎，丛林的恶霸，应当做过凶手；——逃亡的奴仆、盗墓的强梁、萨拉芮亚[⑤]大道上的匪寇、苏布里齐屋斯[⑥]桥头的跛子、所

---

① 苏玛努斯：罗马人的夜神，夜晚的雷电神。

② 拜劳娜：罗马人的战争女神，相传她是战神马尔斯的妻或妹。

③ 阿芮恰：罗马东南的一个小城，有一座狄亚娜庙。“女神”即指狄亚娜而言。

④ 维尔毕屋斯：阿芮恰人崇拜的日神，和狄亚娜供在一起。

⑤ 萨拉芮亚：从罗马通往意大利东岸安科纳的一条通衢要道。

⑥ 苏布里齐屋斯：古代罗马城内一座桥的名称。

有苏布尔[1]破烂房屋的宵小，全都一百二十分地崇拜她！

——马克·安东尼时代的贵族妇女更喜欢丽比媞娜[2]。

于是他让安东看扁柏玫瑰之下另一个女子——披着轻纱。虽说四周围满了锄、舁床、黑帐和一切殡葬的器皿，她仍微笑着。她的钻石远远在蜘蛛网下面闪烁。拉尔雾[3]，仿佛骷髅，在树枝中间露出他们的骨头，还有小鬼赖穆尔[4]，展开他们的蝙蝠翅膀。

泰尔穆神[5]在田边让人连根拔起，沾了一身粪污。外尔土穆[6]的庞大尸身躺在犁沟，有红狗在啃。

田野的神祇哭哭啼啼走开：萨辣陶、外尔法克陶、高丽娜、法劳娜、郝斯蒂里鲁斯[7]，——全都披着带风帽的小小的大衣，各自拿着锹、叉、篱笆和棍子。

伊拉芮影

——他们的灵魂繁荣别墅，连带它的鸽子笼，睡鼠和蜗牛的园囿，架防护网的养家禽的院子和柏木熏香的温暖的马厩。

---

① 苏布尔：古代罗马城内一个区的名称。

② 丽比媞娜：古代意大利一位女神，其后和地狱的皇后浦罗赛娉混而为一。

③ 拉尔雾：不得其死或者因罪而死的人们的鬼魂，漂泊地上，与人为难。

④ 赖穆尔：罗马人相信存在的一种鬼怪（相传是一些等待转生的枉死鬼——编者）。

⑤ 泰尔穆神：罗马的地界神，通常是一根石桩子，上面雕着他的半身像，立在两地交界的地方。

⑥ 外尔土穆：罗马的果园神。

⑦ 萨辣陶、外尔法克陶、高丽娜、法劳娜、郝斯蒂里鲁斯：全是罗马和田野有关的神祇。

——他们保护一切苦人：有的在萨毕尼[1]的碎石上拖着脚镣，有的吹起喇叭召唤猪，有的从榆树梢头摘榆钱，有的在小道上吆喝运厩粪的驴。农夫倚住犁的把，一壁喘气，一壁祈求他们给胳膊添加气力；放牛的在菩提树荫下，靠近挤牛奶的葫芦，交相用苇笛吹着他们的颂歌。

安东叹息。

在一间大厅中央，一座高台上面，放着一张象牙床，四周围了一圈拿着松枝火把的人。

——他们是司理婚姻的神祇。他们在等候新娘！

——道米都喀应当把她领来，维尔高解开她的腰带，苏毕高请她上床，——浦赖玛分开她的胳膊，在她耳边说着甜甜的话。

——可是她不会来了！于是别的神祇也都遭辞谢：女看护闹娜和戴齐玛，三位稳婆妮克西，两位奶妈艾都喀和包媞娜，——还有照料婴儿入睡的喀尔娜，她的山楂花束可以驱除噩梦。

——还有负责婴儿长大的神祇：奥西巴高要揉硬他的膝盖，巴尔巴土斯给他胡须，司媞穆娜给他初次欲望，渥鲁皮亚给他初次享受，法布里鲁斯教他说话，奴麦辣教他计数，喀米娜教他唱歌，孔苏斯教他思索。

---

① 萨毕尼：意大利中部一省，在罗马东北（指古代萨宾人居住的台伯河东岸山区——编者）。

大厅空了；床边只余下赖妮亚[①]——一百岁了，——为自己呢喃着她每逢老人死亡呼号的挽歌。

然而不久就有锐厉的呼号压下她的声音。这是

家庭的拉尔[②]

蹲在廊院紧底，披着狗皮，周身绕花，手握在一起顶住两颊，嚎啕大哭。

——全到什么地方去了，人家每餐供奉我们的一份馔肴、女仆的殷勤、主妇的微笑、小孩子们在院子花地玩耍“奥司奈”的快活？等他们长大了，还会拿他们金的或者皮的诏书挂在我们的胸口。

——凯旋那一夜，主人回来，会把湿漉漉的眼睛转向我们，有多幸福呀！他述说他的交战；这窄小的家宅比一座宫殿还要骄傲，和一座庙宇一样神圣。

——家人的聚餐多甜蜜，特别是率辣里亚[③]的第二天！在追念死人的温情里，一切嫌隙和解；于是他吻我，我吻你，大家喝着酒庆祝过去的光荣，未来的希望。

---

① 从道米都喀到赖妮亚：这十九种神祇，其中司媞穆娜属于拉丁，喀米娜是希腊文艺女神缪斯的拉丁名称，其他十七种神祇都属于罗马。

② 家庭的拉尔：“拉尔”或许是个艾土芮字，意思是“主、王，或者英雄”。拉尔原指各家族先人的灵魂，庇佑子孙繁荣。每一家族各有一位创业的人，他死了，就成为家族的拉尔，和另一种家神牌纳特（通常是两位）供在一起。这种家族的拉尔，类似江浙一带的“家堂”。但是，拉尔并不限于一家一族，另外有公共的拉尔，全城设庙供奉，甚至于原野、道路、湖泊，都有各自的拉尔。

③ 率辣里亚：罗马人纪念死者的节会。

——可是关在我们身子后面上色的蜡祖蜡宗，慢慢长了一层霉。新的种族受了骗，惩罚我们，弄断我们的牙床；经不住老鼠咬啮，我们的木头身子碎成片片。

无数的门神、灶神、窖神、浴神，四面八方纷纷散开，——变成大蚂蚁模样奔跑着，或者大蝴蝶模样飞翔。

克赖皮土思①

嚷着叫人来听：

——我哪，从前也有人尊崇我。他们献酒给我。我算一尊神哪！

——雅典人把我当做一种财禄的预兆致敬，同时，虔诚的罗马人举起拳头诅咒我，埃及的大祭司戒食蚕豆，听见我的声音就哆嗦，闻见我的气味脸就发白。

——当战士的醋溅湿了没刮的胡须，当人们高高兴兴嚼着橡子、豌豆和生洋葱，用牧童的酸臭的奶油煎炒切成块的羊肉，这时候没有人介意邻座，也不拘乎细节。食物坚硬，消化就轰轰然作响。当着田野的太阳人们慢慢方便。

——所以，好比人生其他的需要，好比麦娜是女儿们的苦恼，好比熙和的鲁米娜②保护奶妈青筋膨胀的乳头，我并不有失体面。

---

① 克赖皮土思：司掌粪便的神祇。

② 麦娜和鲁米娜：全是罗马的神祇（鲁米娜是罗马保护乳母与乳婴的女神，其庙在罗马城内的帕拉蒂尼山脚一棵野无花果树下——编者）。

——我有过骄傲的日子。好阿芮斯陶法①把我邀上戏台，克楼狄屋斯·德鲁苏斯②皇帝请我陪他用膳。我庄严地在贵族的官服里面往来！仿佛洋琴，金便盆在我底下殷殷作响；——于是装满了海鳗、蘑菇和肉点心，主上的肠子花喇一松，屏息以待的宇宙知道恺撒用过御膳！

——不过如今，我放逐在老百姓中间，——甚至于听见我的名字，便大惊小怪地嚷嚷！

克赖皮土思一壁悲歌，一壁走远了。

随即一阵雷响；

一个声音

——我是万军的上帝，天主，天主上帝！

——我在丘岭摊开雅各③的帐幕，在沙上喂我逃亡的人民。

——是我烧了所多玛！是我放洪水浸没大地！是我淹没法老、亲王公子、战车和御夫。

——我是妒忌的上帝，憎恨别的神祇。我碾碎不净，我打倒不凡；——我的蹂躏左右奔驰，仿佛一匹单峰骆驼，来到玉蜀黍田。

——为了解救以色列，我挑选淡泊的人士。有火焰翅膀的天使

---

① 阿芮斯陶法：纪元前五世纪希腊最大的喜剧家，利用喜剧形式，讽刺当时人物风格。

② 克楼狄屋斯·德鲁苏斯：即罗马帝国的尼禄皇帝。他的全名是 Nero Claudius Drusus Germanicus Caesar。

③ 雅各：以撒的次子，即以色列。参阅《旧约·创世记》第二十五章及以后各章。

在荆棘之中和他们说话。

——用甘松、肉桂和没药熏香，穿着透明的袍子和高跟鞋，不知畏惧的妇女前去手刃队长。刮过的风带走先知。

——我把我的戒条刻在石板上面，仿佛一座城堡，拘禁我的人民。他们是我的人民。我是他们的上帝！大地是我的，人是我的，人的思想、制作，农耕的器具和他们的后裔，全是我的。

——我的方舟[1]放在一间三重的神龛，在紫帐和燃起的蜡台后面。我有一整个部族服侍我，摇摆香炉，大祭司穿着风信子色的长袍，胸前挂着排列整齐的宝石。

——祸殃！祸殃！最神圣的地方被打开，帷帐被撕烂，牺祭的香味随风飘散。豺狼在坟墓里面嘶号；我的庙毁了，我的人民散了！

——他们用祭司的衣服的绳绶缢杀祭司，妇女成为俘虏，圣瓶全被镕化！

声音渐远：

——我是万军的上帝，天主，天主上帝！

于是一阵异常的沉静，一个深沉的夜晚。

安东

——全过去了！

---

① 方舟：耶和华要发洪水淹掉大地，吩咐挪亚制造一种方舟，救出他和他的家人。参阅《创世记》第六至第八章。

有人

说道：

——还有我哪！

伊拉芮影站在面前，然而形象变了，天使长一样美丽，太阳一样光明；——而且高大极了，为了看他，

安东

仰起头。

——你到底是谁？

伊拉芮影

——我的王国是宇宙的幅员，我的欲望没有涯涘。我永远解放精神，衡量世界，没有恨，没有畏，没有怜，没有爱，没有上帝。人家把我叫做“科学”。

安东

向后倒退：

——你倒应当叫做……魔鬼！

伊拉芮影

眼睛盯住他：

——你想看他吗？

安东

不复躲避他的视线；魔鬼的好奇心抓住他。他的恐怖增加了，他的欲望大到无穷无尽。

——假定我看看他……假定我看看他？……

随后，忽然忿怒：

——我的厌惧将永久把他从我的身边赶掉。——好吧！

出现一只蹄子。

安东后悔了。

可是魔鬼把他扔在他的犄角上面。带走他。

六

魔鬼摊平身子，仿佛一个泅水的人，在他下面飞翔；——他的两只翅膀展开，完全把他藏住，和一块云一样。

安东

——我到什么地方去？

——方才我还瞥见魔鬼的形体。不！一块云驾着我。或者是我死了，投往上帝？……

——啊！我的呼吸多舒适呀！清新的空气涨满我的灵魂。不再觉得沉重！不再痛苦！

——远远在我的下面，雷鸣电闪，地平线扩大，江河交流。这金黄点子是沙漠，这水池子是海洋。

——又有海洋出现，我不认识的广大的地域。如今是炭一样冒烟的黑的土地，永久被雾遮暗的雪的地带。我试试发现太阳每天黄昏沉落的山头。

魔鬼

——太阳从来就不沉落！

安东听见这声音并不吃惊。这像是他思想的一个回声，——他记忆的一句答复。

大地渐渐变成一个球形；他望见它在碧空中间，一壁就它的两极旋转，一壁围着太阳旋转。

魔鬼

——它不是世界的中心，是不是？人类的骄傲，放谦虚罢！

安东

——我如今几乎辨不清它。它同别的火混在一起了。

——天空只是一种星宿的组织。

他们一直上升。

——一点声音没有！鹰的聒噪也没有，什么也没有！……我俯下身子谛听行星的音乐。

魔鬼

——你不会听见的！你也不会看见柏拉图①的安提克陶②，菲劳拉屋斯③的中央火，亚里士多德④的星球，或者犹太人的七霄，水晶穹窿之上的长江大河！

---

① 柏拉图：纪元前四二九到前三四七年的希腊大哲学家，苏格拉底的弟子，他的哲学是理想主义最高的表现，有时相当接近基督教的观念。

② 安提克陶：依照皮塔高尔和柏拉图，世界的中心是一团火，围着它有若干大星旋转。在土星、木星、火星、金星、水星、日、月和地球之外，另有一颗意拟的行星，就是安提克陶。它离“中央火”最近，地球次之，日月又次之。它永久在地球的对面，所以我们看不见“中央火”，也看不见它自己。

③ 菲劳拉屋斯：纪元前四世纪的希腊哲学家，私淑皮塔高尔的哲学，在意大利南部各地讲学。

④ 亚里士多德：纪元前三八四到前三二二年的希腊大哲学家，柏拉图的弟子，亚力山大大帝的师傅。

安东

——从下面望，穹窿像墙一样坚固。如今正相反，我穿进来，陷了进去！

他来到月亮前面，——这好像一块圆冰，充满一种不动的光。

魔鬼

——从前它是灵魂的家宅。好皮塔高尔甚至给它配置了一些灿烂的花鸟。

安东

——我只看见荒凉的平原，熄了的火山口，在漆黑的天色下面。

——让我们奔向那些光色更为柔和的星辰，去看天使用臂梢把它们举起，和火把一样！

魔鬼

把他带进星宿中间。

——它们同时自相吸引，自相排拒。每个星宿影响其他星宿的行动，助成它们的行动，——不假一个助手，单凭法则的力量，程序的唯一的德能。

安东

——是的……是的！我体会你的意思！这是一种超乎情谊的快乐的喜悦！我喘吁，我惊呆于上帝的浩大。

魔鬼

——你的思想上升，天空也就扩大，犹如你越往上去，天空也就越高；——随着世界的发现，无限的开展，你觉得你的喜悦增加。

安东

——啊！再高些！再高些！永远往上走！

星辰闪烁，越来越多。天顶的银河往开里扩展，仿佛一条绝大的腰带，每隔若干远便是窟窿；在它这些光亮的罅口里面，黑暗的空间放长了，这里有星雨，垂丝的金尘，漂散的光雾。

有时候忽然过去一颗彗星；——随即重新开始无数亮光的静谧。

安东伸开胳膊，扶住魔鬼的两个犄角，据有中间所有的广度。

回想旧日的愚昧，梦想的平庸，他轻视自己。如今靠近他的，正是他在下方瞭望的光亮的球体！他辨出它们交割的轨道，它们复杂的方向。他看见它们自远而来，——和投石器①的石头一样虚悬，画出它们的轨道，推远它们的抛物线。

他一眼揽尽南十字座、大熊座、天猫座、半人马座、剑鱼座的星云，猎户座的六个太阳，木星和它的四颗卫星，巨大的土星的三道环！一切行星，一切人类往后将要发现的星辰！他的眼睛充满它们的光明，他的思想沉沉的全是它们的距离的计算；——随后他垂下头。

---

① 投石器：古代一种战具，一条皮带，中间放上石头，然后抡起皮带两端的绳子，向敌人远远投出。

——这一切为了什么?

魔鬼

——什么也不为!

——上帝怎么会有所为? 什么经验能够教他，什么思虑能够决定他?

——开始以前既然没有目的，如今就是有了目的也没有用处。

安东

——可是他曾经用他的语言只一次创造下世界!

魔鬼

——然而繁殖地球的生物不断而来。同样，天上新的星辰出现，复杂原因的不同效果。

安东

——原因复杂是上帝的意志!

魔鬼

——然而承认上帝的意志有几种执行，就是承认有几种原因，破坏他的一致性。

——他的意志和他的本质不可析离。他不能够另有一种意志，因为他不能够另有一种本质;——既然永久存在，他永久行动。

——看看太阳吧! 高的火焰溅出它的边缘，迸出火星，散开变成好些世界;——跨过那些你仅能见到夜的深渊，比末一个还要远，又有别的太阳旋转;在这些太阳后面还有别的太阳;别的太阳还有别的太阳，没有终止……

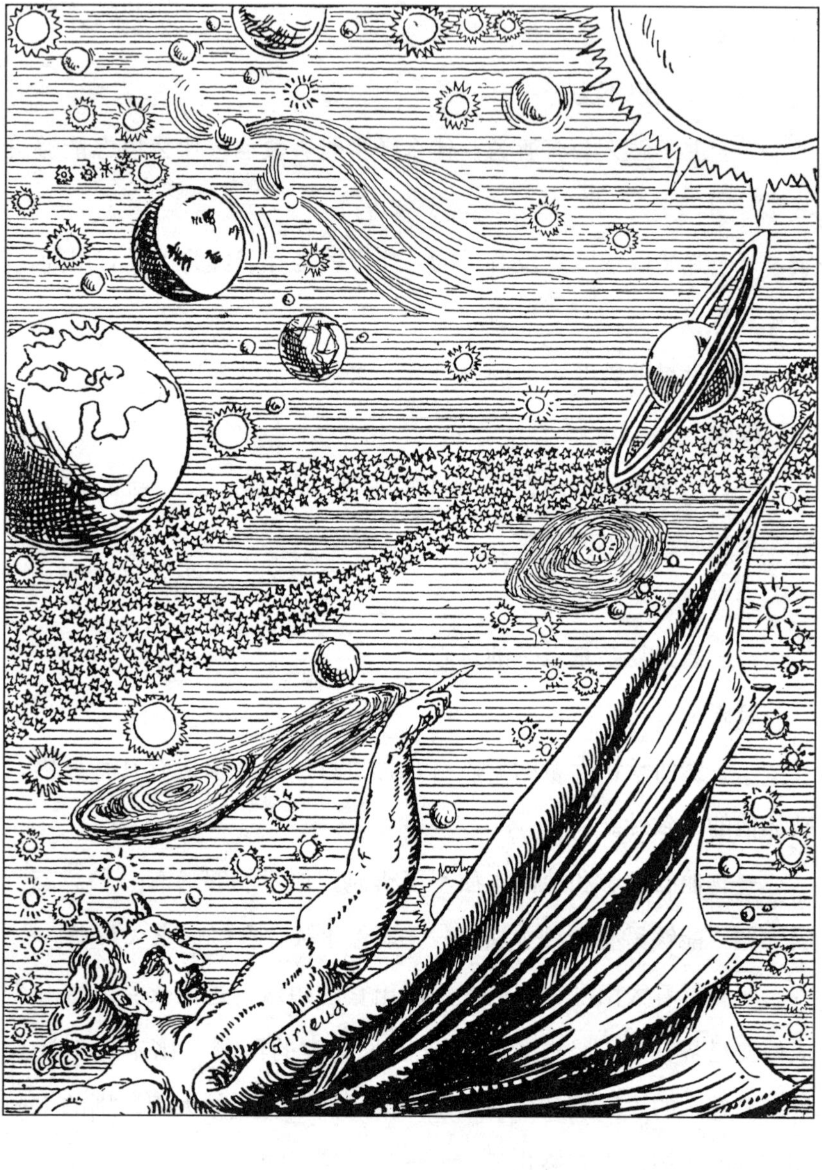
Girieud

安东

——够了！够了！我害怕！我要跌倒深渊里去了。

魔鬼

停住，柔柔地摇动他：

——无所谓虚！无所谓空！处处有身体在"幅员"不动的空间行动；如若有什么东西加以限制，它就不复是"幅员"，而是一个身体，它没有界限！

安东

惊呆。

——没有界限！

魔鬼

——永远，永远往上走，你不会到顶！朝地球下面走，走上亿万世纪，你不会到底，——因为这里没有底，没有顶，没有高，没有低，没有任何界限；上帝含有"幅员"；他不是空间的一段，如何大，如何小，而是其大无垠。

安东

慢慢地：

——那么……物质……是上帝的一部分？

魔鬼

——为什么不是？你能够知道他的终点吗？

安东

——正相反，当着他的威权，我只有匍匐，只有听命！

魔鬼

——可是你妄想感动他！你同他说话，你甚至于用道德、善良、公正、仁慈装饰他，然而不承认他含有一切完备的条件！

——想象另外有什么东西，就是想象上帝之外另有上帝，生存之外另有生存。所以，他是唯一的“生存”，唯一的“实质”。

——假如“实质”能够分开，它就失去它的性质，它就不是它，上帝也就不复存在。所以，犹如无限，他不可分开；——假如他有一个身体，他就是部分所组成，不复是一，不复是无限。所以，他不是一个人！

安东

——怎么？我的祈祷，我的呜咽，我肤肉的痛苦，我热心的欢狂，难道这一切投向一个谎语，……在空间……没有用处，——犹如一声鸟鸣，犹如一片枯叶的飘旋！

他哭了。

——噢！不！在这一切之上，有一个我的心膜拜的、应当爱我的人，一个伟大的灵魂，一位天主，一位天父！

魔鬼

——你愿意上帝不是上帝；——因为，他要是感到爱情、忿怒，或者怜悯，他就是从他的完备来到另一个更大或者更小的完备。他不能够俯就一种情感，也不能够置身于一种形体。

安东

——无论如何，我有一天将要看见他！

魔鬼

——同那些有福之人，不是吗？——那时候，有限享受无限，在一个关牢“绝对”的小小地方！

安东

——管它哪，善必须有一座天堂，恶必须有一座地狱！

魔鬼

——你的一心情愿也好做成万物的法则？显而易见，上帝不介意恶，否则，地球上不会布满了恶！

——是由于无能为力，他忍受它？还是由于酷虐，他保存它？

——你以为他不断在重整世界，犹如重整一件不完备的作品，他监视所有生物的所有行动，由蝴蝶的翱翔直到人类的思想？

——假如他曾经创造“宇宙”，他的庇佑就是多余。假如“庇佑”存在，创造就有缺陷。

——所谓善恶，仅仅同你息息相关，——犹如昼夜、苦乐、生死，仅仅在幅员的一个角落，一个特殊的环境，一种个别的利害之上是相对的。既然只有无限永久，就有“无限”；——没有别的！

魔鬼逐渐展开他的长翅膀；现在它们盖住空间。

安东

一无所睹。他晕眩上来。

——一阵可怕的寒冷一直冷到我灵魂的深处。这超过痛苦的绝峰！这像是比死亡更深的一种死亡。我在黑暗的浩淼之中翻滚。黑暗进了我的心。我的良心在“虚无”的延扩之下粉碎！

魔鬼

——万物以你的精神的媒介和你接触。仿佛一面凹镜，你的精神歪扭万物；——而你缺乏一切方法来证实它们的正确。

——你永远不会认识“宇宙”于其全部的幅员；结果你不能够得到一个宇宙成因的观念，一个上帝公正的概念，甚至于说不出“宇宙”无限，——因为你必须先得认识无限！

——“形体”或许是你的感官的一种错误，“实质”或许是你的思想的一种想象。

——世界既然是万物的一个永恒的潮汐，“外表”正许是最切实的真实，幻象正许是唯一的现实。

——可是你拿稳了看见吗？你拿稳了活着吗？或许就一无所有！

魔鬼抓住安东；他把他抱起，张开口，预备吞下去。

——膜拜我吧！诅咒你所谓上帝的鬼怪吧！

安东举起眼睛，激于最后一线的希望。

魔鬼放开他。

七

安东

发现自己仰卧在绝崖的边缘。

天色开始发白。

——这是曙色，还是一道月光?

他想站起来，却又倒下去了；他的牙齿铄铄作声：

——我感到一种慵倦……我的骨头好像全碎了!

——为什么?

——啊!我想起来了，是那魔鬼!——甚至于我由老狄第穆学来的赛闹法[①]，海辣克里特[②]，麦里斯[③]，阿纳萨高耳[④]关于无限、创造、不可能认识任何事物的种种意见，他全向我重说一遍!

——我从前自信能够同上帝结合!

苦笑：

——啊!狂妄!狂妄!是我的过错吗?我忍受不了祈祷!我的心比一块石头还要硬!从前它有的是爱情泛滥!……

——早晨，天边的沙子冒气，仿佛一座香炉的香烟；黄昏，火色的花在十字架上面怒放；——临到午夜，我时常觉得众生万物敛入同一的沉静，随我一同膜拜天主。噢！祈祷的魔力，禅定的福祉，上天的馈赠，你们如今变成了什么！

——记得我同阿蒙在一起旅行，寻找一个幽静的地方建立寺院。是最后一个黄昏吧；我们加紧步子，呢喃着赞美词，并着肩，不言语。随着太阳的低落，我们的影子伸长，仿佛两座方尖塔，越来越大，在我们前面行走。我们弄断手杖，用它们远远近近竖下十字架，标记修行小屋的位置。夜幕姗姗其来；黑浪卷上地面，同时一大片玫瑰颜色仍然占有天边。

——做小孩子的时候，我喜欢拿石子搭建寺庵。母亲在旁边看着我。

——我丢下她，她或许一把一把揪下她的白发诅咒我。她的尸首躺在茅庐当中，上面是苇子房顶，四面是坍塌的墙。豺狼闻见气味，从窟窿伸进嘴来！……可怕！可怕！

他呜咽上来。

——不，阿媢纳芮亚不会离开她的！

——如今她在什么地方，阿媢纳芮亚？

——也许如今她在一间浴室的紧底，一件一件脱去她的衣服，

---

① 赛阐法（即色诺芬尼——编者）：纪元前六世纪的希腊哲学家，埃里亚学派的创始者，著作传世的，仅仅残诗一首。

② 海辣克里特：较后于赛阐法的希腊哲学家，生于以弗所，行文多用比喻反词，艰晦难解，有“黑暗的哲人”之称。

③ 麦里斯：纪元前五世纪的希腊哲学家，宗埃里亚学派，著作有残篇传世。

④ 阿纳萨高耳：纪元前五〇〇到前四二八年的希腊哲学家，创种子说，以为种子是世界的根源，性各不同，为数无限，各具活力，向一目的而行。

先是袍子，随后腰带，外衬衫，更轻的内衬衫，所有她的项圈；肉桂的氤氲包住她光光的四肢。最后她睡向温暖的花地。她的头发围住她的腰臀，仿佛一片黑羊毛，——空气太热，她有点儿憋闷，弓起身，两乳向前，呼吸着。得！……我的肤肉如今又反叛了！焦忧积虑之余，还有情欲折磨我，同时受两样罪，太难了！我不能够再容忍自己了！

他俯下身，望着悬崖。

——人摔下去一定死。往左一滚，再容易不过了；只要迈上一步就成！只要一步就成！

于是出现了

一个老妇人

安东一惊而起。——他以为看见他的母亲复活。

不过这女人老多了，异常消瘦。

一块尸布围着她的头挽结，同她的白发一起垂到她的拐杖一样瘦的腿边。她的象牙色的牙齿的光辉，更加显出她的土色的皮肤的阴沉。她的眼眶充满黑暗，紧底摇曳着两道火焰，仿佛坟墓的灯光。

——上前呀。谁拦住你了？

安东

口吃：

——我怕犯罪！

老妇人

继续道：

——可是扫罗王[1]就是自杀的！辣恰斯[2]一个正直人，是自杀的！安提阿的女圣裴拉吉[3]是自杀的！还有三位女圣，阿莱浦[4]的道米娜[5]同她的两个女儿是自杀的；——你再想想有多少信士，等不及死，自己奔向刽子手。米莱[6]地方的姑娘，为了快些享受死，用她们的带子勒死自己。哲学家海皆西雅斯[7]在叙拉古宣扬死亡，听众离开勾栏，去到田地上吊。罗马的贵族把寻死当做一种取乐。

安东

——是的，这是一种顽强的爱情！许多隐士甘于死亡。

老妇人

——想想，做一桩事让你和上帝平等！他创造你，你破坏他的

---

① 扫罗王：以色列人的第一位君主，基士的儿子，参阅《旧约·撒母耳记上》第九及以后各章。第三十一章记载他的自杀道："非利士人与以色列人争战……非利士人紧追扫罗和他儿子们，就杀了扫罗的儿子……势派甚大，扫罗被弓箭手追上，射伤甚重，就吩咐拿他兵器的人说：'你拔出刀来，将我刺死，免得那些未受割礼的人来刺我，凌辱我。'但拿兵器的人甚惧怕，不肯刺他，扫罗就自己伏在刀上死了。"

② 辣恰斯：马加比时代的犹太人，纪元前一六二年，叙利亚的元帅尼喀闹攻入耶路撒冷，派人搜捕他。他用刀割开肚腹，从城墙跳下，最后还把肠腑扔向四周。犹太人很敬重他。

③ 裴拉吉：纪元后四世纪基督教的殉教女子。

④ 阿莱浦：叙利亚北部的城市。

⑤ 道米娜：安提阿的一个富家女子，和她两个女儿皈依基督教，退居米所波大米亚的埃德萨，后来被人告发，相偕投河而死。事在纪元后二九九年。

⑥ 米莱（即米利都——编者）：小亚细亚靠近爱琴海的城市。相传该地若干少女，厌倦人世，预备自杀。别人拦阻不住，便恐吓她们，把她们的尸首赤裸裸陈在公共地方。

⑦ 海皆西雅斯：纪元前三〇〇年的希腊哲学家，以为人生毫无价值，与其寻乐，不如求死。

作品，你以你的勇气，自由行动！艾罗斯塔特[1]的欣快不会更高。而且，你的身体取笑够了你的灵魂，你临了正好报复它一下子。你不会痛苦的。很快就完结。你怕什么？一个大黑窟窿！说不定是空的，不是吗？

安东听了不回答；——从另一边出现了

另一位妇人

异常年轻美丽。——他先把她当做阿娟纳芮亚。

然而她更高，蜜一样金黄，胖极了，两颊打着胭脂，头上插着玫瑰。她的长袍上的珠宝发出金属的光辉；她肥厚的嘴唇透着血色，她的眼皮有点儿沉重，坠满了慵倦，人会把她说成瞎子。

她

唧哝道：

——活吧，享受吧！所罗门劝人快乐！到你的心领导的地方，到你的眼睛希望的地方去吧！

安东

——寻找什么快乐呢？我的心倦极了，我的眼睛发暗！

她

继续道：

---

① 艾罗斯塔特：以弗所人，妄想不朽，燃火焚烧世界七奇之一的狄亚娜大庙，正当纪元前三五六年亚力山大大帝降生的那夜。以弗所当局下令，禁止人民说出艾罗斯塔特的名字，犯者死罪。

——跑到辣考提司[1]关厢，推开一座上了蓝漆的门，你走进一座有喷泉潺湲的院子，一个女人就露面了——穿着滚金边的白绸坎肩，头发凌乱，笑起来和响板呱哒呱哒一样。她真能干，你会从她的亲热尝到一种入门的骄傲，一种需要的舒散。

——何况你不认识奸淫的骚乱、跳墙、诱拐、看见衣着齐整为人尊敬的女子赤条条一丝不挂的喜悦。

——你曾经把一个爱你的姑娘紧紧搂在你的胸前吗？想想她半推半就，一阵愉快的眼泪把疚心化为乌有！

——你能够望见你们漫步在月光之下的树林，不是吗？你们相握的手只要一压，就感到一阵颤栗流过全身；你们拢近的眼睛，仿佛无形的粼粼，互相倾注；你们的心溢了，裂了；一阵温柔的旋转，一阵泛滥的酩酊……

老妇人

——寻欢只为感受痛苦，大可不必！仅仅遥遥相望，你们就兴味索然。同一动作的单调，日月的持续，世界的丑陋，太阳的愚蠢，你应当感到疲倦！

安东

——噢！可不是，太阳照亮的东西，我全讨厌。

年轻妇人

——隐士！隐士！你将在石子中间寻见钻石，沙子下面寻出泉

① 辣考提司：亚力山太的西区，也叫做埃及区。赛辣皮斯的大庙就在该区。

水，在你轻视的危险之中感到愉快；甚至于地上有些所在美极了，恨不得紧紧搂在胸口。

老妇人

——每天夜晚，睡在地上，你希望它不久把你盖住！

年轻妇人

——无论如何，你相信肉体复活罢，复活会把生命渡到永生！

老妇人说话的时节越发消瘦了；她的脑壳没有头发，上面有一只蝙蝠在半空盘旋。

年轻妇人越发胖了。她的袍子发光，鼻孔翕动，眼睛柔柔地旋转。

老妇人

张开胳膊：

——来吧，我是安慰、休息、遗忘，永久的绥静！

年轻妇人

献上她的胸脯：

——我是安眠者、欢乐、生命，汲不尽的幸福！

安东转脚要跑。她们拿手放在他的肩膀上面。

尸布敞开，露出死亡的骷髅。

袍子破裂，露出物欲的全身，纤细的腰，绝大的屁股，波状的厚发，发梢飘起。

安东站在二者之间，动也不动，端详她们。

死亡

向他道：

——立刻或者回头，没有关系！你属于我，犹如太阳，种族，城市，帝王，山上的雪，田里的草。我比鹰飞得还要高，比羚羊跑得还要快，我甚至于追上希望，我曾经击败上帝的儿子！

物欲

——不要抵抗吧；我是万能！森林响应我的呻吟，我的骚扰摇动江河。道德、勇敢、虔诚，溶于我的口香。人走一步，全有我相伴，——走到墓门，他又朝我转回！

死亡

——我将为你揭露你往常试想藉着火把的亮光，由死人的面孔了解的东西，——或者藉由越过金字塔，在那些人类残骸组成的大沙漠之中流浪。脑壳的碎片不时滚落到你的芒鞋下面。你拾起尘土，让它从你的手指中间流出；你的思想和尘土混在一起，陷入虚无。

物欲

——我的深渊还要深！大理石曾经引起猥亵的爱情。人们奔往惊心动魄的遇合。人们钉牢自己诅咒的锁链。从什么地方来的娼妓的蛊惑，梦想的奇突，我的忧郁的广大？

死亡

——我的嘲弄凌驾其他一切嘲弄！帝王的殡葬、种族的灭绝，有欢乐夹在中间抽搐——人打仗也有音乐、羽翎、旌旗、金鞍鞯，

Girieud

一种隆重的仪式向我表示更高的敬礼。

物欲

——我的忿怒不弱于你。我号，我咬。我有咽气的汗水，尸首的容颜。

死亡

——是我使你严肃；让我们合在一起吧！

死亡冷笑，物欲咆哮。

死亡与物欲

你抱住我的腰，我抓牢你的腰，她们在一起唱道：

——我催促物质瓦解！

——我援助种子散布！

——你破坏，做成我的重生！

——你生育，做成我的毁灭！

——我的权能激发活动！

——我的腐朽引发蕃殖！

他们的声音在天边回环响动，越来越强，强到后来，安东仰身倒了下去。

时不时的一阵摇撼让他半睁开眼睛；他望见黑暗之中一个妖怪似的东西在他前面。

一颗死人的头戴着一顶玫瑰花冠。头主有一个珠母似的白的女上身。下面一条绣着金星的尸布仿佛一条尾巴——全身波动，好像一条直直站立的大蚕。

幻象模糊了，消逝了。

安东

站起来。

——这回又是魔鬼作祟，戴着两种面具：奸淫和毁灭。

——二者并不令我恐惧。我拒绝幸福，我觉得自己永生。

——所以，死亡只是一种幻象，一块面纱，在某些地方掩饰生命的赓续。

——然而，实质属一无二，“形体”为什么变化无穷？

——应该在什么地方有些元始的形象，它们的身体只是反映。假如人能够看见这些形象，也就认识了组成“生命”的物质和思想的关联！

——也就是这些形象画在巴比伦巴力的庙墙上面，并且覆盖迦太基港内一张砌画。我自己，我有时候望见天空恍惚也有若干妖异的形体。穿越沙漠的人们遇见不可思议的走兽……

司凡克司在对面尼罗河的另一岸出现。

他伸出爪子，摇着前额的绦带，肚子贴住地卧倒。

绿眼睛的石麦尔[1]跳着，飞着，鼻孔喷着火，龙尾巴拍打着她自己的翅膀，不停地旋着，吠着。

---

① 石麦尔（又译喀迈拉——编者）：希腊神话里的妖怪，身子是半狮半羊，龙尾巴，嘴里喷着火焰。后来叫捕获了天马的英雄白莱罗奉（即柏勒洛丰——编者）杀掉。

她的发环飘在一边，和她腰间的毛混在一道；另一边则一直垂在沙上，随着她全身的摆动起伏。

司凡克司

一动不动，看着石麦尔：

——就是这里，石麦尔；停住吧！

石麦尔

——不！绝不！

司凡克司

——别跑得这么快，别飞得这么高，别吠得这么响！

石麦尔

——你既然永远当哑巴，就别再叫我，别再叫我了！

司凡克司

——别拿你的火焰往我脸上喷，别往我的耳朵吼号；你熔化不了我的花岗石！

石麦尔

——你捉不住我，可畏的司凡克司！

司凡克司

——和我同居，你太轻狂！

石麦尔

——尾随我，你太笨重！

司凡克司

——你跑得这么快，你往什么地方去？

石麦尔

——我在迷宫的画廊奔驰，我在山头盘旋，我从水面掠过，我在悬崖的深处嗥叫，我拿嘴把我挂上云端。我以我的拖曳的尾巴涂抹海滩。丘陵依照我的肩膀的形象起伏。可是你，我发现你永久不动，或者用你的爪尖在沙上描摹字母。

司凡克司

——我哪，保守我的秘密！我思维，我计算。

——海返回它的床，麦子随风披拂，结队的客商走过，尘土飞扬，城镇颓圮；——没有东西能够转移我的视线，它透过万物，看向不可接近的天边。

石麦尔

——我哪，又轻盈又快活！我为人们揭露炫目的景色，云端的乐园，遥远的福祉。我往他们的灵魂倾注永生的狂妄，幸福的经营，未来的计划，荣誉的梦想，爱情的誓言，道德的决心。

——我强迫他们从事危险的旅行，伟大的企图。我用我的爪子雕镂建筑的奇迹。是我把铃铛挂在包塞纳[①]的陵寝，是我用一堵奥芮喀克[②]墙圈起阿特朗提德[③]的码头。

——我寻找新的香料，更大的花，没有经过的欢愉。假如我在什

---

① 包塞纳：艾土芮的国王。他的坟上建有五座金字塔，尖顶虚悬着许多铃铛。

② 奥芮喀克：古希腊传说中的一种金属，名称是希腊字 Oros“山”和 Khalkos“点铜锡”的组合。

③ 阿特朗提德（即亚特兰蒂斯——编者）：希腊神话中的陆地，传说在直布罗陀海峡以西的大西洋内。

么地方瞥见一个人，在智慧之中养息精神，我便扑过去，把他扼死。

司凡克司

——被上帝的欲望折磨的人们，我吞下去。

——最强壮的人们，为了爬到我的高贵的前额，蹬着我的绦带的纹理，仿佛踏着一座楼梯的台级。他们疲倦了，倒栽下去。

安东开始哆嗦。

他不在他的茅庐前面，而是在沙漠中间，——两边是这两个庞大的妖怪，嘴拂着他的肩膀。

司凡克司

——噢，“幻想”，把我带上你的翅膀，解解我的愁闷吧！

石麦尔

——噢，“不识者”，我爱你的眼睛！怀孕的需要占有我。仿佛一只欲火中焚的豺狼，我在你的四周旋转，祈求怀孕。

——张开嘴，举起脚，爬上我的脊背！

司凡克司

——我的脚自从放在地面，再也举不起来。青苔仿佛一层癣疹，长在我的嘴上。因为思索，我反而无话可说。

石麦尔

——你撒谎，假冒为善的司凡克司！为什么你总叫我，又不要我？

司凡克司

——是你，一时一个主意，来来去去地打旋！

石麦尔

——难道是我的错？怎么？离开我！

她吠着。

司凡克司

——你摇动，你甩开我！

他吼着。

石麦尔

——让我们试试！——你压死我了！

司凡克司

——不！不成！

于是一点一点下陷，他没入沙子，同时石麦尔伸长舌头，匍匐着，一旋一转，去远了。

她的嘘息形成一片雾。

在雾里面，安东望见成卷的云，模糊的弧线。

最后，他辨出好些具有人形的东西；先往前走的是

一群阿斯陶米[1]

仿佛太阳透射的气泡。

——出气轻些！雨滴打坏我们，虚声假音剥我们的皮，黑暗弄瞎我们眼睛。我们是微风和香味合成，滚着，飘着，——比梦稍微重一点点，不好算作生物……

---

① 阿斯陶米：希腊和罗马传说中的神奇民族，居住在印度恒河口，只需嗅花香便可存活。

尼斯纳斯[1]

只有一只眼睛，一个颊，一只手，一条腿，半个身子，半颗心。他们说话的声音非常高：

——我们住在我们的半个家，带着我们的半个女人和半个孩子，极其安逸。

布莱米[2]

完全没有头：

——我们的肩膀因而更宽；——我们能驮的东西，没有一头牛、一只犀牛或一只大象能够驮得了。

——好些纹理，仿佛一张模糊的脸，印在我们的胸前，算是我们的尊容！消化是我们的思想，分泌是我们的极致。就我们看，上帝在肠胃内的养液漂浮，过着承平的日子。

——我们笔直走我们的路，经过所有的泥泞，贴近所有的深渊；——我们是最勤劳、最快乐、最道德的人。

皮格麦

——我们是矮小的老实人，聚在世界，蠢蠢然，好比一只单峰骆驼上面的寄生虫。

——人家烧我们，淹我们，压我们；我们永远重新出现，更灵

---

① 尼斯纳斯：锡兰岛上猿猴一类的东西（又有人认为是非洲东北部一种灰绿长尾猴——编者）。

② 布莱米（又译布伦米或无头人——编者）：靠近埃及边境艾刁卑的居民。希腊罗马的神话把他们看做一种眼和嘴长在胸口的无头神怪民族。

活，更多，——数量做成我们的可畏！

夏包德[①]

——我们葛一样长的头发把我们挽在地面，我们的脚和阳伞一样大，我们在它们的阴凉下面生长。光线透过我们的脚跟照我们。没有紊乱，不用工作！——头尽量低垂，乃是幸福的秘诀！

他们举起腿，好像树身，越来越多。

一座森林出现了。好些狒狒在中间四脚落地跑来跑去；它们是犬头，人身。

西闹塞法勒

——我们剥掉小鸟的羽毛，我们从这一枝跳到那一枝把蛋吸掉；我们把它们的窝当做帽子顶到头上。

——我们抓掉母牛的奶头，挖下狸猫的眼睛；我们从树梢拉下屎来，我们在大太阳地曝露我们的猥亵。

——撕碎花，敲碎果子，弄浑泉水，强奸妇女，我们是主宰——以我们的膂力，我们的心的残暴。

——干呀，伙伴们！咬响牙床！

血乳淌下它们的嘴唇。雨流下它们茸茸的脊背。

安东吸着绿叶的清新。

树叶骚动，树枝在一起击撞；忽然出现一只大黑公鹿，公牛头，耳朵中间长着一只白犄角。

---

① 夏包德（又译作独脚人或伞脚人——编者）：里比传说中的居民，他们的脚特别大，倒转起来可以遮住阳光。

萨都茶格[1]

——我犄角的七十四根侧枝和笛子一样中空。

——当我朝向南风，里面发出的声音，引来如醉如痴的动物。蛇绕着我的腿，黄蜂黏在我的鼻孔，鹦鹉、鸽子、白鹤落下来栖在我犄角的杈杈上。——听！

它倒过它的犄角，发出一种难以形容的愉快的音乐。

安东用手压住他的心，他觉得这音调要带走他的灵魂。

——可是我一朝向北风，我的犄角比一排长矛还要密，呼出一阵吼号；森林颤索，河水倒流，果皮爆裂，草仿佛一个懦夫的头发竖直。——听！

它把它的犄角向前歪斜，发出嘈杂的呼喊；安东仿佛被撕烂了。

他的恐怖增加了，看见

马提考辣斯[2]

庞大的红狮，人脸，三排牙：

——我的朱毛条纹和沙漠的反光相混。我从鼻孔吹出寂寞的惊惧。我唾出瘟疫。我吃掉在沙漠冒险的军队。

---

① 萨都茶格：一种传说中的奇兽，待考。

② 马提考辣斯（又译蝎狮——编者）：传说中的印度的动物，或即箭猪一类的东西。辣布莱（即拉伯雷——编者）的《潘塔格鲁艾勒》（即《巨人传》——编者）第五卷第三十章，有一段描写芒提考尔，按即马提考辣斯："我在这里看见好些芒提考尔，非常稀奇的走兽：它们的身子和狮子的一样，红毛，人脸，人耳朵，三排牙，交相插入，好像你拿两只手的手指互相夹在一起。它们的尾巴有一把尖刺，和蝎子的尾巴一样蜷曲；它们的声音谐和极了。"

——我的指甲弯弯如螺锥，我的牙齿尖尖如锯；我转折自如的尾巴，插满箭戟，随我往右投，往左投，往前投，往后投。——看！看！

马提考辣斯扔出它的尾上的棘刺，箭一般射向各方。血滴像雨一样打着树叶。

喀陶布莱巴斯①

黑水牛，一颗搭在地面的猪头，由一根空肠似的细长绵软的颈项连在肩膀上面。

它平平卧在地面；硬毛的大鬃盖住它的面孔，掩起它的脚。

——肥胖，忧郁，犷野，我不断感到我肚子下面烂泥的温暖。我的脑壳沉极了，我简直举不起来。我慢慢在四周滚它！牙床半张，我拿舌头拔着我的气息浇注的毒草。有一次，没有觉察，我把自己的蹄子吞下去了。

——安东，没有一个人看见过我的眼睛，至少，看见过的人全死了。我要是翻上我的眼皮，——我玫瑰色的臃胀的眼皮，——你马上就死。

安东

——噢！这家伙！……不过……不过……我要是愿意呢？它的

---

① 喀陶布莱巴斯：传说中非洲的一种类似大麋的怪兽，头大，垂向地面。辣布莱称为喀陶布莱浦："我在这里看见好些喀陶布莱浦野兽，小身子，然而头大得没有法子比例了；它们几乎举不起头来；它们的眼睛毒到谁一见它们，就会死掉，和看见一个巴西黎克一样。"

愚蠢吸引我。不！不！我不要看！

他盯住地。

可是草燃烧了，在火焰盘旋之中，站起

巴西黎克①

大堇蛇，头上长着三顶肉冠子，两个牙，一个在上，一个在下。

——当心，你要跌进我的嘴里来！我喝火。火，就是我；——我从各处吸进火来：阴云、燧石、枯树、兽毛和卑湿的地面。我的体温维持火山；我做成宝石的光泽和五金的颜色。

格芮奉②

秃鹰喙的狮子，白翅膀，红爪子，蓝颈项。

——我是光色灿烂的大师，我认识旧日帝王陵寝的秘密。

——墙里出来一条链子，把他们的头拴直。他们钟爱的女人靠近他们，漂浮在云斑石的黑水池。他们的财宝摆在若干厅房，排成菱形、阜形、金字塔形；——再往下去，在陵寝下面，在窒息的黑暗里面跋涉许久，可以看见金的河，钻石的森林，红宝石的田地，水银的湖泊。

---

① 巴西黎克（又译毒蜥或鸡蛇——编者）：一种见于神话的毒蛇，眼睛有杀人的力量。又，属于蜥蜴一类的动物。罗马的生物学家浦黎（又译普林尼——编者）形容道："它不像别的蛇，向前蠕蠕而行，而是隆起身子高傲的样子往前走。不仅仅靠碰触，只要出口气，它就可以毒死草木，并且力量大极了，可以劈开石头。"

② 格芮奉：希腊神话中的妖怪，狮身，鹰头，鹰翅，马耳，生鬃鬣的地方生了好些鱼鳍。

——靠住地下的门，爪子举在半空，我的发焰的眼睛侦伺着想来的人们。平原漠漠，赤裸裸直到天边的尽头，白皑皑的全是旅客的骸骨。两扇古铜门将为你打开，你将会吸到矿气，你将下到洞穴……快呀！快呀！

它用脚刨地，公鸡一样啼着。

无数声音回应它。森林在哆嗦。

各种各类惊人的野兽露面：半鹿半牛的塔吉拉夫斯[①]；前半狮后半蚂蚁、生殖器倒长的米尔穆考劳[②]；使摩西畏惧的有六十库代长的阿克萨[③]巨蟒；气味能熏死树木的大黄鼠狼巴斯提纳喀[④]；人一碰触就变成傻子的普赖斯泰罗斯[⑤]；住在海岛、有犄角的野兔米辣格[⑥]；因为吼号撑破肚子的豹子法勒芒；用舌头撕烂自己子女、有三只头的狗熊色纳德[⑦]；让自己的蓝乳往石头上面流的塞浦斯[⑧]狗。

蚊子开始营营，蛤蟆开始跳跃，蛇开始奔窜。电光闪动。雹子下落。

一阵狂风，刮来各种奇异的形体。麀足的鳄鱼；蛇尾的鸱枭；虎

① 塔吉拉夫斯：神话中的奇兽，半公山羊半鹿，不是半鹿半牛。
② 米尔穆考劳：即食蚁兽的希腊名（又指神话传说中的蚁狮——编者）。
③ 阿克萨：待考。
④ 巴斯提纳喀：传说中一种卵生的四足兽。
⑤ 普赖斯泰罗斯：一种毒蛇。
⑥ 米辣格：待考。
⑦ 色纳德：一种巨兽的阿拉伯名。
⑧ 塞浦斯：一种艾刁卑的猿猴。

Girieud

脸的猪；驴臀的公山羊；狗熊一样茸茸的青蛙；河马一样大的变色蜥蜴；两个头的牛犊，一个头哭，一个头叫喊；一孕的四胞胎儿，牢牢抓住脐窝，轮子一样旋转；长翅膀的肚子，苍蝇一样飞来飞去。

它们从天上落下，从地底出来，从石头流来。处处是冒火的眼睛，咆哮的口；胸脯弓起，爪子伸长，牙齿磨搓，肤肉激荡。有的生产，有的交媾，有的互相吞咽。

它们因为众多而窒息，因为接触而蕃殖，你爬上我，我爬上你；——全围住安东，仿佛地面是船的甲板，以一种规则的韵律摇动。他的腿肚感到蚰蜒的拖曳，手上感到蝮蛇的冰冷；纺织的蜘蛛把他关进它们的网。

然而妖怪的圈子破开，天忽然变作蓝色，随即

独角马

出现。

——奔呀！奔呀！

——我有象牙蹄子，钢的牙，紫颜色的头，雪样白的身子，额头的犄角带着虹的纹彩。

——我从迦勒底旅行到鞑靼的沙漠、恒河的岸边和米所波大米亚[①]。我跑得飞快，赶过鸵鸟，风落在后面。我的背擦着棕榈树。我在竹林打滚。我一跳就跳过河。鸽子飞在我上面。只有一个处女能够约制我。

---

① 米所波大米亚（即美索不达米亚——编者）：字义是“介乎河流之间”。古代亚细亚底格里斯河与幼发拉底河灌溉的地域。

——奔呀！奔呀！

安东看着它逃掉。

眼睛举起，他望见所有以风为食的飞禽：古依斯①，阿雨提②，阿法里穆③，喀夫④山的犹克逎斯⑤，遭暗杀的阿拉伯人的灵魂郝玛伊⑥。他听见鹦鹉口吐人言，远海的⑦水禽像婴儿一样啼哭，老妪一样冷笑。

一阵盐味扑进他的鼻孔。他前面如今是一片沙滩。

远远有鲸鱼喷上来的水柱；从天边尽处，有好些

海里的动物

如羊皮酒袋一样圆，刀刃一样薄，锯一样带齿，在沙上向前一曳一曳走来。

——你和我们一道来。来到我们浩淼的世界，还没有人下来过的世界！

——不同的种族住在海洋的国度。有的以暴风雨为家宅；有的

---

① 古依斯：待考。

② 阿雨提：待考。

③ 阿法里穆：待考。

④ 喀夫：高加索山的阿拉伯名。

⑤ 犹克逎斯：传说中的怪鸟，见于希伯来法典《塔木德》。

⑥ 郝玛伊：待考。

⑦ 远海的：原文作pélasgiens。按此字来自裴拉斯吉人pélasges，史前的一个民族，占有希腊、小亚细亚及意大利各地，其后为希腊人所灭，不复存在。而色萨利（爱琴海西岸的地带）东南的海湾，就叫裴拉斯吉海湾。同时希腊有一个字 Pelagos，“海”的意思，借成形容字，pélagiens，便是“远海的”意思。因为两个形容字来源不同，形体又十分容易混淆，我们揣测文意，依据高纳书店注释者的见解，采用后者。

在寒冷透明的波涛当中游泳，有的像牛一般啃食珊瑚的平原，有的用鼻子吸入倒退的潮水，有的肩挑着海洋源头的重量。

鱼鳞和海豹的鬣发出燐光。海胆旋转如车轮，菊石的犄角舒展似缆索，牡蛎响动它们的关节，珊瑚虫伸开它们的触须，水母仿佛水晶球颤栗，海绵漂浮，海葵唾水；苔藓、海藻生长。

各种各类的植物伸出杈枒，扭成螺锥，长如尖钉，圆如扇子。葫芦仿佛乳头，葛交缠如蛇。

巴比伦的戴达伊穆①虽说是树，结出人头的果子；曼陀罗②歌唱，巴辣斯③的根在草里面迅速延伸。

现在，草木禽兽不复辨识。珊瑚虫的巢穴仿佛枫树，枝头挂着胳膊。安东以为看见一个蛹介乎两张叶子；竟然是一个翱翔的蝴蝶。他要踏一块沙砾，一只灰蝗虫跳起。一棵小树，仿佛玫瑰花瓣，聚满昆虫；浮游的尸身落成一地雪。

木石随即也难分辨。

石子好像脑壳，钟乳石好像乳头，坚挺的花好像绣像的毡子。

在碎冰片里面，他辨出花粉、荆棘和介壳的形迹——也不清楚只是它们的形迹，还是就是这些东西。钻石熠耀如眼睛，矿石在

---

① 戴达伊穆：曼陀罗的希伯来名。

② 曼陀罗：茄科植物，一年生草本，果实卵圆形，外皮有刺，成熟裂开，种子含麻醉性的毒质，花叶亦有毒，可以入药。

③ 巴辣斯：类似中国的灵芝，而又不是。据云：雪融即生，昼隐夜明，根作火色。作者在《萨郎宝》第十章叙述沙哈巴芮医治萨郎宝道：“他甚至于使用巴辣斯草，火颜色的根，北方人用来驱除魔鬼。”

悸动。

他不再害怕了！

他拄着两个肘子，伏在地面，屏住气看。

没有肚子的昆虫依旧在吃东西；枯了的羊齿重新开花；缺了的四肢又长出来。

最后，他瞥见好些小颗粒，针头一样大，一身睫毛。它们微微颤动。

安东

欢狂

——噢幸福！幸福！我看见生命产生，我看见动作肇始。我的血激荡着，要涨破脉管，迸裂出来。我想翱翔，我想游泳，我想吠叫，我想呼喊，我想吼号。我愿意长出翅膀，长出甲壳，长出树皮，长出象鼻，喷出烟氛，旋扭我的身体，分裂开，散入一切，和香气一样发散，和草木一样成长，和水一样流动，和声音一样响颤，和光一样发亮，隐藏在一切形体。钻入一粒一粒原子，一直坠到物质的尽头，——成为物质！

白昼终于出现；仿佛一座神龛的幔帐掀开，金色的云霞盘旋向上，露出天空。

就在中央，正当太阳的圆盘，耶稣基督的面孔熠耀着。

安东画了一个十字，开始祈祷。

跋

福楼拜用了二十五年来克服《圣安东的诱惑》给他的困难。他胜利了。这场胜利是光荣的，因为他收服了一个读者的读者，他自己。一个作家最大的胜利，不在读者的喝彩，而在自己的归顺。他的精神绥静，他的良心安宁。这是敌人，同时也是朋友，因而，不免带着一个和老伴儿分手的忧郁。看完定稿的校样，一八七四年二月七日，福楼拜向他的前辈女友文豪乔治·桑报告道：

> “这完了，我不再在上面用心了。《圣安东》于我成为一种回忆。然而我不瞒你，看看最后的校样，我有一刻钟的广大的忧郁。和一个老伴儿分手，本来也就难受。”

文字语言是种奥妙的组合。同样文字语言，我们多知道一点它们的根据，便可以多欣赏一点它们的意义。读到福楼拜的“这完了，我不再在上面用心了”，想起一生他在《圣安东的诱惑》上消耗的年月心力，我们立即感出他如释重负的轻适。但是，这不是说，作者的推敲斟酌，便是他才尽力拙的征候。所以，法盖

（Faguet）以为《圣安东的诱惑》是作者最吃力最痛苦的创造，狄保戴（Thibaudet）立即回答他一句：C'est mal tomber[①]。莫芮（Middleton Murry）不聪明，临到一九二一年，冒冒然断定“他在文笔上最少操作的书——一个福楼拜式最小的限度却不就像别人的限度——是他最为人记忆的一本书”[②]。他的意思是指《包法利夫人》（*Madame Bovary*）。然而我们知道，一八五三年四月六日，正当从事《包法利夫人》的时节，福楼拜给他的女友写信道：

> “《包法利夫人》引起我精神的紧张，《圣安东》连四分之一也不用。这是一个水闸，写的时候我唯有快乐：我一年半写成五百页，这一年半是我生平兴会最淋漓的时辰。”

福楼拜从一八四八年开始《圣安东的诱惑》，到次年九月，全书脱稿。这就是现今传世的一八四九年的初稿。他读给两位朋友，结局他们劝他扔到火里烧掉。他必须约束他过分发展的抒情倾向。于是对症下药，一位朋友向他建议，写一个俗不可耐的现实的故事。他接受了，这就是他的《包法利夫人》。但是，他痛苦，一八五二年六月，开始写作的时候，他向女友去信比较二者道：

---

① 参阅法盖的 *Gustave Flaubert*（Hachette）和狄保戴（新近去世）的 *Gustave Flaubert*（Gallimard）。

② 参阅莫芮的 *Gustave Flaubert* 一文，收在 *Countries of the Mind*（Collins）里面。

“在《圣安东》里面，我和在自己的家一样。这里，我和在邻家一样，所以我寻不见一点舒服。”

然而莫芮先生，却以为《包法利夫人》的文笔最少人工气息。《包法利夫人》用了五年完成，《圣安东的诱惑》初稿用了一年半；一八五六年，他用了整整一个秋季修改，删成他骨瘦如柴的次稿；直到一八六九年六月，他重新拾起他的旧稿，整理成功他一八七二年的定稿，也就是我们现在译出来的《圣安东的诱惑》，中间除掉一八七〇年普法之战避难的时日，和其他人世必有的消耗，只用了一年半的光景。从初稿到定稿的距离是二十五年，中间他完成了三部杰作：《包法利夫人》、《萨郎宝》（*Salammbô*）和《情感教育》（*L'Éducation sentimentale*），而不是用了二十五年来写一本书。实际，对于《圣安东的诱惑》，福楼拜的操作不在文笔方面，更在一个全部的解决方案，一个适当的形体，犹如作者所谓，一个线索。一八五二年一月十六日，他向女友去信，指摘早年《圣安东的诱惑》道：

“我再也找不见这样热狂的文笔，像那一年半我的文笔。我用了怎样一腔热血修削我项圈的珍珠！我只遗忘了一件事，就是穿珠的丝线。”

所以，法盖的武断由于缺少材料，莫芮的错误由于缺少同情。

莫芮以为没有更比“《萨郎宝》、《圣安东的诱惑》和《布法与白居谢》（*Bouvard et Pécuchet*）那样内在空洞的作品”，我们无从指摘，因为我们推不倒一个人的存在和他的主见。每一个人有每一个人的主见，和其必然结果的爱恶。莫芮把《圣安东的诱惑》看做内在空洞，但是另一位批评家，新近去世的散慈玻芮（Saintsbury）却特别加以推崇：

> “在作者的书中间，它最得我的喜爱；正如好些书，你可以只为享乐来读它，或者把它看做一个研究的题目，随你高兴——你要是聪明的话，你把你百分之五的注意用在后者，把你百分之九十五的注意用在前者。”①

我们不是有意用散慈玻芮纠正莫芮，而是藉了这两个相反的例，看一部书可以把两个高明的批评家带到怎样不同的极端。介乎二者之间，像我们这样可怜的小读者，何所依从呢？让我们先再引来莫芮一段深刻的见解，做我们一个观察的根据：

> “两个魔鬼站在福楼拜和他的梦中间，“文笔”和“征信”（truthfulness）。二者之中，魔难他的更是“征信”。这把他驱往不可置信的搜集材料的努力：什么是他所工作的真实？他

① 参阅散慈玻芮的 *History of the French Novel* 的下卷第十一章。

要是问一下，他会不得不答道：历史的真实，不是艺术的真实。然而他从来没有把它们划分清楚。”

这段精微的指责的另一面，便是赤裸裸的：

“他得到更多的材料，然而没有更大的能力把握。”

福楼拜的《布法与白居谢》，我们晓得，是一千五百册参考书和若干趟小旅行的结果。他自己说：“我笔记的卷宗有八寸之高”①，为什么他要这样耗费或者浪费自己？因为“要写这部书，我必须读许多我不知道的东西：化学、医学、农学”②。唯其这部小说将是一册“滑稽的批评的百科全书”③。我们没有多少理由责备福楼拜这样的工作者，正如我们没有多少理由责备那些一挥而就的天才。我们赞美后者，然而临到欣赏工作的成就，我们无所用其轩轾，一切只是五十步百步的程度上的差别。我们不问作者的汗血，我们得问他最后的目标。有的人在搜集材料上得到一种快乐，止于材料的搜集；犹如若干藏书家，藏书只为藏书。福楼拜不然。一切在他只是创造过程上必有的步骤，为了达到一个终极的更高的追求——艺术。他得鉴别什么材料合乎他的需要，他得造出他想象

① 一八八〇年一月，福楼拜致翟迺蒂夫人（Genettes）书。
② 一八七二年一月十八日，福楼拜致翟迺蒂夫人书。
③ 一八七二年一月十八日，福楼拜致翟迺蒂夫人书。

的氛围，吸进心灵，化成一片血肉，作为他创造的力量。他不是为了历史的真实而努力，而正是从历史的真实奔往艺术的真实。看来是二，其实是一。到了重要关头，必须有所依违的时节，福楼拜知道怎样牺牲历史，完成艺术的真实。在《萨郎宝》里面，他不惜歪扭事实，叫哈龙（Hannon）死在马道（Mâtho）的手心。在《希罗底》（*Hérodia*）里面，他不惜提前请出叙利亚的总督维特里屋斯（Vitellius）。让我们来看福楼拜自己的辩护。一八五七年八月，开始写作《萨郎宝》的时候，他向费斗（Feydeau）解释他的态度道：

> “至于考古方面，只要或能就成。我的需要是，只求人家证明不出我的东西荒唐无稽。至于什么叫做植物学，满不在我的心上。凡是我所需要的树木花草，我全亲眼看过。
>
> 而且，这还是次焉者，不关紧要。一本书也许充满了荒与谬；然而不见得因此，就不美丽。我知道，类似这种学说，如果接受下来，绝不会好，特别在法国，有的是冬烘学究。不过在相反的倾向（可怜正是我的倾向）之中，我看见一种很大的危险。衣服的考究，使我们忘掉灵魂。五个月来，我读了九十八部书，写了一叠一叠的笔记；如果有三分钟，我的英雄的热情真正激动了我，哪怕只是三分钟，我也可以扔掉我的笔记。如今就有一种画派，因为太爱彭派伊（Pompéi），结果比吉罗岱（Girodet）还要来得繁重（rococo）。所以我相信，不可以爱，这就是说，应该不偏不倚地俯览一切的对象。”

福楼拜或许没有做到自己期许的地步。然而我看不出他这段话和莫芮的见解有什么参差。如若福楼拜在材料上傻卖力气，临到艺术上，他并非绝对忽视适可而止。结束了《圣安东的诱惑》定稿，一八七三年六月十八日，他向翟迺蒂夫人去信道：

“关于《圣安东》，我一点也不想有所删削了。我弄够了它，现在我很可以不再睬理它了，因为我会毁坏全盘的。完美不属于这个世界。认命吧。”

唯其“完美不属于这个世界”，我们不能不同意泰尼（Taine）的指责[①]，以为希腊的神祇不应当采用罗马的称呼，临尾的动植物未免太接近现代的生物学。一八七〇年七月八日，福楼拜给尚特比（Chamtepie）女士去信，把《圣安东的诱惑》看做“一个四世纪亚力山太世界的戏剧的展览”。四世纪容不下现代的生物学，亚力山太是希腊后期文化的中心，不会采用罗马的称呼。然而这些节目，挡不住泰尼对于全书的颂扬：

“我一口气读完了你，如今重新在读；从物质的观点来看，这有趣，变化，一出神仙剧似的光彩耀目。实际，这正好是我以往所想的：一个隐士的头脑看到的第四世纪。唯其当

① 泰尼致福楼拜书，附在高纳书店的《圣安东的诱惑》后面。

时统治的人物是神学方面的隐士，神学的梦想和机构是时代的大事，眼镜选得正好。生理和心理的准备，非常之好；人家一看就知道你熟悉幻觉的先兆和作用，这齿轮一样地交切而动。”

泰尼不愧是福楼拜的一位畏友。福楼拜有时诚然失之过分，然而当他看对了的时节，他知道轻重，知道牺牲《圣安东的诱惑》初稿的热狂和紊乱，达到凝结的艺术的效果。反对福楼拜的作品的，例如尼采（Nietzsche）、蒲鲁斯提（Proust），甚至于莫芮，根本有所厌憎于他同他作品里面所呈露的本质。莫芮不明白古尔孟（Gourmont）对于福楼拜的膜拜。然而，不像我们现今的作家，一言不投，便即一笔抹杀，他们能够欣赏他在某一方面的造诣。比较没有偏见的散慈玻芮，曾经指出《圣安东的诱惑》的特点道：

“这种在台子上一掠而过的梦的进行，藉着文笔的华丽传达给读者；这种文笔的华丽，或许是第一件震撼他的事体；而且这绝不走味。然而，如若不是立即，不久，任何真正批评的心灵一定看到有些东西，不同于文笔，而更珍贵于文笔。这就是那卓绝的能力——不见任何过分或者浪费的工作，而把梦的成分重现于正确，修洁和自由的叙述。”

我们并不预备替福楼拜回护过失，更不打算帮他的《圣安东的诱惑》说话。我们也不想限定读者把百分之若干的注意用在阅读或者研究的某一方面。因为这全不聪明，而聪明的倒是读者个别的感受。如若第一件震撼读者的事体是作者的文笔，对着我这半生不熟的翻译，中国读者一定立即感到失望。这太显而易见了，我正也无所用其粉饰。然而另外一个困难，倒怕不出莫芮所料，是时代和地域的生疏。特别是中国读者，缺乏四世纪宗教的知识。我们不能根据这种知识，领略《圣安东的诱惑》所形成的想象的活动的奇谲的世界。

我们不得不借重注解。关于这方面，我们得感谢高纳（Louis Conard）书店出版的福楼拜全集，在《圣安东的诱惑》三个稿本后面，附录古伊涅拜（Guignebert）先生的考证和维洛路（Virolleaud）先生的注释。小泉八云（Lafcadio Hearn）先生的英文译本偶尔注明原来引据的出处。不过遗憾依旧难以免掉。例如“赛莱福”、“嘉德放”、“阿克萨”、“法勒芒”，等等，维洛路先生付之阙如，我们一样查不出来。“以利沙”，维洛路先生疑是迦太基，我们证明是希腊以东的岛屿。惜乎限于知识、时日和参考书，我们所补足的太渺不足道了。

散慈玻芮告诉我们，“这本书最近有一个例外地良好的翻译。”他没有指明英文的译者和出版的地方。我们猜想是小泉八云的英文译本。最近钱公侠先生根据他的英文译本重译，在启明书局出版，封面嵌着“足本”两个大字。不幸的是，小泉八云的英文译本经过删削。凡作者大胆、过分、刺目的辞句，尤其是有伤基督教徒感情或者道德观念的形容，小泉八云大致跳过不译。狄保戴以为作者在定稿“没有勇气牺牲掉”的克乃皮士思，小泉八云完全删去。另一个英文译本也把这一节抹掉。英文译本虽然如此，我们看不出中文译本有什么可忌讳的必要，所以，为了保存原来面目起见，便照直全译出来。小泉八云并非没有错误，最显然的，例如 hirondelles 译成 nightingales，volupté surhumaine 译成 human pleasure；值得讨论的，例如 tout au fond，une masse remue，comme des gens qui cherchent leur chemin. Elle est là！ Ils se trompent。小泉八云把 Elle est là 译成 She is there，另一个英文译本译做 Here it is。[①]但是这些错误，大半由于疏忽，并不足以妨害小泉八云的英文译本是“一个例外地良好的翻译”。他的文章有风格，而且尤其难能可贵的，是他相当保存原作高贵的气度和“文笔的华丽”。

钱公侠先生幸而依据小泉八云的英文译本重译，可以保存原作若干面目，而错误，一部分自然应由英文译本负责。实际，钱公侠先生很有他不可埋没的用心，例如，用佛经的体格翻译第五章佛的独白。他的成功是我的师法，他的失败是我的借鉴，我得感谢前人孤苦的经验。

凡见于官话《新旧约全书》的人名地名以及章句的引证，我这里一律采用。

我用的是高纳书店的版本。插图十六幅，选自福楼拜百年纪念

① 这里三个例子，散在第一章临尾各节。

全集《圣安东的诱惑》的插图。绘者为吉芮欧（Pierre Girieud）先生。

关于《圣安东的诱惑》的参考书，重要的有：

1. *La Correspondance de Gustave Flaubert*(Louis Conard)

2. Du Camp: *Souvenirs littéraires*(Hachette)

3. René Descharmes: *Flaubert avant* 1857(Ferroud)

4. René Dumesnil: *Gustave Flaubert* (Deschée de Brouwer et Compagnie)

5. René Descharmes et René Dumesnil: *Autour de Flaubert* (Mercure de France)

6. Louis Bertrand: *Gustave Flaubert*(Mercure de France)

7. Alfred Lombard: *Flaubert et Saint Antoine* (Editions Victor Attinger)

中文方面，请参阅译者的《福楼拜评传》(商务印书馆)。

译者

一九三六年九月二十九日

图书在版编目(CIP)数据

圣安东的诱惑／（法）福楼拜（Gustave Flaubert）著；
李健吾译.—上海：上海译文出版社，2017.9 (2023.5重印)
（福楼拜小说集）
ISBN 978－7－5327－7481－4

Ⅰ.①圣… Ⅱ.①福… ②李… Ⅲ.①长篇小说—法
国—近代 Ⅳ.①I565.44

中国版本图书馆 CIP 数据核字（2017）第 105754 号

GUSTAVE FLAUBERT
La tentation de saint Antoine

圣安东的诱惑

La tentation de saint Antoine

GUSTAVE FLAUBERT
居斯塔夫·福楼拜 著
李健吾 译

出版统筹 赵武平
责任编辑 周 冉
装帧设计 董茹嘉

上海译文出版社有限公司出版、发行
网址：www.yiwen.com.cn
201101 上海市闵行区号景路159弄B座
江阴市机关印刷服务有限公司印刷

开本 890×1240 1/32 印张 8.5 插页 6 字数 106,000
2017 年 9 月第 1 版 2023 年 5 月第 2 次印刷

ISBN 978－7－5327－7481－4/I · 4566
定价：62.00 元